Le LIVRE de POCHE

Jeunesse

LE MONDE PERDU
SOUS LA MER

Du même auteur dans
Le Livre de Poche Jeunesse

La ceinture empoisonnée

Le monde perdu

Le chien des Baskerville

Sir Arthur Conan Doyle

LE MONDE PERDU SOUS LA MER

Traduit de l'anglais
par Cécile Wajsbrot

HACHETTE
Jeunesse

1

Puisque ces papiers m'ont été remis en vue d'une publication, je commencerai par rappeler la triste perte du *Stratford,* vapeur qui entama une traversée il y a un an dans le but d'étudier la vie sous-marine et l'océanographie. L'expédition avait été organisée par le Dr Maracot, célèbre auteur des *Formations pseudo-coraliennes* et de *La Morphologie des Lamellibranches.* Le Dr Maracot était accompagné de Mr. Cyrus Headley, enseignant autrefois à l'Institut de Zoologie de Cambridge, dans le Massachusetts, et, boursier de Rhodes à Oxford, à l'époque du voyage. Le capitaine Howie, navigateur expérimenté, avait la charge du navire, qui comportait un équipage de vingt-trois hommes incluant un mécanicien américain des usines Merribank de Philadelphie.

Ils ont tous disparu, et la seule nouvelle reçue au sujet du triste sort du vapeur fut le rapport d'un trois-mâts norvégien qui vit un bateau correspondant à cette description sombrer dans la grande tempête de l'automne 1926. Plus tard, on retrouva, à proximité du lieu de la tragédie, une chaloupe de sauvetage, où était inscrit le nom du *Stratford* ainsi que des caillebotis provenant du pont, une bouée de sauvetage et un espar. Tout cela, en plus d'un long silence, semblait assurer que nous n'entendrions plus jamais parler du vaisseau ni de son équipage. Son destin fut confirmé par un étrange message télégraphié reçu à l'époque, qui, bien qu'en partie incompréhensible, laissait peu de doutes quant au sort du navire. J'en reparlerai plus tard.

Certains éléments remarquables de la traversée du *Stratford* provoquèrent des commentaires, en leur temps. Tout d'abord, le secret étrangement gardé par le professeur Maracot. S'il était connu pour ne pas aimer la presse, pour s'en méfier, son attitude fut, en cette occasion, poussée à l'extrême, puisqu'il ne donna aucune information aux reporters et n'autorisa aucun représentant d'aucun journal à mettre le pied sur le bateau, lorsqu'il était encore accosté le long de l'Albert Dock. À l'étranger, il y eut des rumeurs au sujet d'une curieuse construction particulièrement adaptée à l'exploration sous-marine, rumeurs confirmées par le chantier de West Hartlepool, Hunter et Compagnie, où avaient été effectués les changements structurels. On prétendit que le fond du vaisseau pouvait se détacher, ce qui attira l'attention des assureurs de la Lloyd, qui obtinrent satisfaction sur ce point non sans difficulté. On oublia vite la question mais elle revêt une certaine importance, maintenant que le sort de cette expédition est porté, une fois de plus, à l'attention du public de façon peu banale.

Voilà pour les débuts de la traversée du *Stratford.* Quatre documents couvrent les faits qui nous sont connus. Le premier est une lettre écrite par Mr. Cyrus Headley depuis la capitale de l'île de la Grande Canarie à son ami, sir James Talbot, de Trinity College, à Oxford, seul endroit, à notre connaissance, où le *Stratford* toucha terre après avoir quitté les eaux de la Tamise. Le deuxième est l'étrange appel télégraphié auquel j'ai déjà fait allusion. Le troisième est l'extrait du journal de bord de l'*Arabella Knowles,* qui évoque la boule vitreuse. Le quatrième et dernier document est l'étonnant contenu de ce réceptacle, qui est le signe d'une mystification complexe et cruelle ou qui ouvre un nouveau chapitre de l'expérience humaine dont l'importance ne serait certes pas exagérée. Après ce préambule, je donnerai lecture de la lettre de Mr. Headley, que je dois à la courtoisie de sir James Talbot, et qui n'a encore jamais été publiée. Elle est datée du 1er octobre 1926.

« Je t'envoie cette lettre, mon cher Talbot, de Porta de la Luz, où nous faisons escale pour nous reposer quelques jours. Mon principal compagnon de voyage est Bill Scanlan, le chef mécanicien, qui, compatriote en même temps que divertissant personnage, est devenu mon associé naturel. Mais je suis seul, ce matin, car il a ce qu'il appelle "un rendez-vous avec une poupée". Tu vois, il parle comme les Anglais s'attendent à ce que parle un véritable Américain. On peut le considérer comme un pur-sang. C'est le seul pouvoir de suggestion qui me fait "supposer" et "croire" en présence de mes amis anglais. Si je ne prononçais pas ces mots, ils ne croiraient jamais que je suis un *Yankee.* Mais n'étant pas en ces termes avec toi, sois assuré que tu ne trouveras que le plus pur anglais d'Oxford dans l'épître que je t'adresse.

Tu as rencontré Maracot au Mitre, et tu sais le petit bout d'homme sec qu'il est. Je crois t'avoir raconté de quelle façon il m'a choisi pour ce travail. Il avait pris des renseignements auprès du vieux Somerville de l'Institut de Zoologie, qui lui envoya mon essai primé sur les crabes pélagiques, et le tour fut joué. Si c'est une magnifique occasion de participer à une mission sympathique, j'aurais souhaité que ce ne soit pas avec une momie inanimée comme Maracot. Son isolement et sa dévotion au travail sont inhumains. "Le pire des pires", dit Bill Scanlan. Et pourtant, on ne peut qu'admirer une si totale dévotion. Rien n'existe en dehors de sa propre science. Je me souviens que tu avais ri, lorsque je lui avais demandé ce que je devais lire, pour me préparer, et qu'il avait répondu que, si je voulais faire une étude sérieuse, il fallait lire l'édition complète de ses œuvres, et si je voulais m'amuser, les *Plankton-Studien* de Haeckel.

Aujourd'hui, je ne le connais pas mieux qu'à l'époque du petit salon donnant sur la Grand-Rue d'Oxford. Il ne dit rien, et son visage maigre et austère – qui ressemble à Savonarole, ou plutôt à Torquemada – ne cède jamais à la bienveillance. Un long nez agressif et mince, deux petits yeux gris rapprochés et luisants sous la broussaille de ses sourcils, une bouche serrée aux lèvres fines, des joues creusées, usées par une réflexion constante et par une vie ascétique, de quoi décourager toute compagnie. Il vit sur des cimes mentales inaccessibles aux mortels ordinaires. Je me dis parfois qu'il doit être fou. Par exemple, cet instrument extraordinaire qu'il a fabriqué... mais j'aborderai les choses dans l'ordre et tu jugeras par toi-même.

Je commencerai par le commencement. Le *Strat-*

ford est un joli bateau qui tient la mer et se trouve particulièrement adapté à sa mission. Douze cents tonnes de tonnage, des ponts dégagés à larges baux, et tout l'équipement pour sonder, pêcher au chalut, draguer et remorquer. Il possède de puissants treuils à vapeur pour hisser les filets et de nombreux gadgets dont certains nous sont familiers et d'autres inconnus. Sous les ponts se trouvent des quartiers confortables et un laboratoire dont l'équipement correspond à la spécificité de nos études.

Avant d'appareiller, nous avions la réputation d'être un bateau mystère, et j'eus l'occasion de découvrir que cette réputation n'était guère usurpée. Nos premières manœuvres furent banales. Nous fîmes un tour dans la mer du Nord, descendîmes nos chaluts une ou deux fois, mais comme la profondeur moyenne ne dépasse pas vingt mètres et que nous étions équipés pour travailler à de grandes profondeurs, nous avions un peu l'impression de perdre notre temps. Toujours est-il qu'en dehors de poissons de table, de roussettes, de calamars ou de méduses, et des dépôts terrigènes d'argile coutumiers des alluvions, nous ne prîmes rien qui vaille la peine d'être mentionné. Nous contournâmes l'Écosse, aperçûmes les îles Feroe, et redescendîmes par les récifs de Wyville-Thomson, où nous fûmes plus chanceux. De là, nous mîmes le cap vers le sud, nous dirigeant vers notre véritable zone de croisière, entre la côte africaine et les îles où nous sommes actuellement. Nous faillîmes nous échouer sur Fuert-Eventura par une nuit sans lune, mais en dehors de cela, notre traversée se déroula sans incident.

Durant ces premières semaines, je tentai de me lier d'amitié avec Maracot, ce qui n'était guère facile. D'abord, c'est l'homme le plus absorbé, le plus absent que je connaisse. Tu te souviens de ton sourire, quand il donna un penny au garçon d'ascenseur, croyant se trouver dans un tramway. La plupart du temps, il est perdu dans ses pensées et paraît à peine savoir où il est et ce qu'il est en train de faire. En second lieu, c'est un homme renfermé au dernier degré. Il ne cesse de travailler sur des papiers et sur des cartes qu'il repousse en hâte si j'ai le malheur d'entrer dans sa cabine. Je suis certain que cet homme a un projet secret en tête mais qu'il le gardera pour lui tant que nous serons en mesure de toucher un port. C'est mon impression et j'ai découvert que Bill Scanlan partageait le même avis.

— Dites, Mr. Headley, fit-il un soir, alors que j'étais installé dans le laboratoire pour tester la salinité d'échantillons recueillis au cours de nos sondages hydrographiques, qu'est-ce que vous croyez que ce type a dans la tête ? Qu'est-ce que vous lui supposez comme intention ?

— J'imagine que nous allons faire ce que le *Chal-*

lenger et une dizaine d'autres bateaux d'exploration ont déjà fait avant nous, répondis-je, nous ajouterons des espèces à la liste des poissons et des inscriptions sur la carte bathymétrique.

— Pas du tout, répliqua-t-il. Si c'est votre opinion, il faut tout reprendre à zéro. D'abord, pourquoi croyez-vous que je suis là ?

— Au cas où il y aurait des problèmes de machinerie, hasardai-je.

— Machinerie, mon œil ! C'est Mac Laren, l'ingénieur écossais, qui est responsable de la machinerie du bateau. Non, monsieur, ce n'est pas pour faire marcher un moteur d'âne que les gars de la Merribank ont envoyé leur artiste vedette. Si je prends cinquante dollars par semaine, ce n'est pas pour rien. Venez, je vais vous montrer un truc.

Sortant une clé de sa poche, il ouvrit une porte, au fond du laboratoire, qui nous mena, après avoir descendu une échelle, à une section de la cale entièrement vide, à l'exception de quatre objets gros et luisants partiellement cachés par la paille d'immenses caisses d'emballage. C'étaient des plaques d'acier plates aux bords garnis de boulons et de rivets élaborés. Chaque plaque avait une surface de trois mètres carrés, quatre centimètres d'épaisseur, et en son centre, un trou circulaire de quarante-cinq centimètres.

— Diable, qu'est-ce que ça peut bien être ? demandai-je.

À mon grand étonnement, l'étrange visage de Bill Scanlan – entre comique de boulevard et boxeur professionnel – s'éclaira d'un sourire.

— C'est mon bébé, monsieur, répliqua-t-il. Oui. Mr. Headley, c'est pour ça que je suis là. Il y a un fond d'acier. Dans la grande caisse, là-bas. Et il y a un haut en forme d'arche, et puis un gros anneau pour faire passer un cordage ou une chaîne. Maintenant, regardez le fond du bateau.

Il y avait une plate-forme carrée en bois dont les coins s'ornaient d'écrous saillants, signe qu'elle était détachable.

— Un double fond, déclara Scanlan. Ou ce type est complètement cinglé ou il a plus de cervelle qu'on l'imagine, mais si je comprends bien, il veut construire un genre de chambre – il y a des fenêtres, quelque part – qu'il veut faire descendre par le fond du bateau. Il a des projecteurs électriques, aussi, et je parie qu'il a l'intention de les faire passer par les sabords ronds pour voir du paysage.

— Si c'est ça, il aurait pu tapisser le fond de cristal, comme sur les bateaux de l'île Catalina, dis-je.

— Bien vu, fit Scanlan en se grattant la tête. Je ne sais pas. Mais une chose est sûre, on m'a envoyé sous ses ordres pour manipuler ce foutu truc. Il ne m'a encore rien dit, du coup, moi non plus, mais je furète par-ci par-là et avec un peu de patience, je saurai ce qu'il y a à savoir.

Tel fut mon premier contact avec le mystère. Après cela, le mauvais temps nous a poursuivis et nous avons un peu pêché au chalut en haute mer, au nord-ouest du cap Juba, au sortir du plateau continental, et avons relevé des températures et des courbes de salinité. Draguer en haute mer avec un chalut à appâts ouvrant une gueule béante de six mètres pour tout ramasser sur son passage est un vrai défi – quatre cents mètres de profondeur, on ramène une série de poissons, huit cents mètres, une autre série, chaque couche de l'océan a ses habitants propres, distincts comme sur autant de continents. Quelquefois, nous ne remontions qu'une demi-tonne de gelée rose clair, matière première de la vie, ou une brassée de vase ptéropode éclatant, sous le microscope, en millions de petites boules rondes réticulées, séparées par une boue amorphe. Je ne t'ennuierai pas avec les brotulides et les macrurides, les ascidiens, les holothuriens, les poyzoés et les échinodermes – de toute façon, tu te doutes que la mer fournissait une riche moisson et que nous étions de diligents moissonneurs. Mais je sentais que Maracot n'avait pas le cœur à l'ouvrage et que d'autres plans habitaient son étrange tête étroite et haute de momie égyptienne. Tout cela ressemblait à un essai préliminaire de matériel technique et humain en attendant le vrai départ.

J'en étais là de ma lettre quand je suis allé à terre me dégourdir les jambes une dernière fois, puisque nous partons demain matin. C'était aussi bien car sur le quai se déroulait une querelle à laquelle étaient mêlés Maracot et Bill Scanlan. Bill est un peu bagarreur, il a, comme il dit, la main qui le démange, mais tous deux étaient entourés d'une demi-douzaine de métèques armés de couteaux, les choses paraissaient graves et il était temps d'intervenir. Le docteur avait apparemment loué une de ces choses qu'on appelle un taxi, parcouru la moitié de l'île pour en étudier la géologie, mais il avait oublié qu'il n'avait pas d'argent sur lui. Au moment de payer, il n'arrivait pas à se faire comprendre des indigènes et le chauffeur de taxi avait pris sa montre en échange. C'est là que Bill Scanlan était entré en scène, et ils auraient certainement fini tous les deux à terre, le dos percé comme une pelote d'aiguilles, si je n'avais réglé l'affaire en donnant un ou deux dollars au chauffeur et une gratification de cinq dollars au type qui avait un œil au beurre noir. Tout se termina bien, et Maracot se montra plus humain que je ne l'avais jamais vu. Quand nous remontâmes à bord, il me fit appeler dans la petite cabine qui lui est réservée pour me remercier.

— À propos, Mr. Headley, dit-il. J'ai cru comprendre que vous n'étiez pas marié ?

— Non, dis-je, je ne suis pas marié.

— Personne ne dépend de vous ?

— Non.

— Bon ! s'exclama-t-il. Je n'ai pas mentionné l'objet de cette traversée parce que, pour des raisons qui me sont propres, je souhaitais qu'il restât secret. L'une de ces raisons était la crainte d'être devancé. Quand il s'agit de projets scientifiques, on peut être victime, comme le fut Scott d'Amundsen. Si Scott avait gardé ses intentions pour lui, c'eût été lui, le premier au pôle Sud, et non Amundsen. En ce qui me concerne, ma destination est aussi importante que le pôle Sud, c'est pourquoi je me suis tu. Mais maintenant que nous sommes à la veille de notre grande aventure, aucun rival n'aura le temps de me dérober mes plans. Nous partons demain pour notre véritable destination.

— Et quelle est-elle ? demandai-je.

Il se pencha en avant, son visage ascétique s'éclaira d'un enthousiasme fanatique.

— Notre destination est le fond de l'océan Atlantique, dit-il.

Je devrais faire une pause car je suppose que cette réponse t'a coupé le souffle comme à moi. Si j'étais un conteur, je crois que je m'arrêterais là. Mais comme je ne suis qu'un simple chroniqueur, je peux te dire que je suis resté encore une heure dans la cabine du vieux Maracot, que j'ai appris beaucoup de choses, et qu'il me reste juste le temps de te faire part de tout cela avant que la dernière embarcation ne quitte le port.

— Oui, jeune homme, dit-il, vous pouvez écrire librement, à présent, car le temps que votre lettre arrive en Angleterre, nous aurons fait notre plongeon.

Ce qui le fit ricaner, car il avait un sens de l'humour un peu spécial.

— Plongeon, c'est le cas de le dire, monsieur, un plongeon historique dans les annales de la science. Laissez-moi vous apprendre, avant toute chose, que je suis convaincu que la doctrine courante sur la pression extrême de l'océan à de grandes profondeurs est totalement erronée. Il est clair qu'il existe d'autres facteurs qui en neutralisent l'effet, bien que je ne sois pas encore en mesure de définir ces facteurs. C'est l'un des problèmes que nous aurons à résoudre. Permettez-moi de vous demander à quelle pression on peut s'attendre, à une profondeur de quinze cents mètres ?

Son regard luisait à travers ses grosses lunettes d'écaille.

— Pas moins d'une tonne au mètre carré, répondis-je. Voilà qui est amplement démontré.

— La tâche du pionnier a toujours été de réfuter les choses amplement démontrées. Utilisez votre cervelle, jeune homme. Ce mois-ci, vous avez pêché les formes de vie bathyale les plus délicates, des créatures si fines que vous pouviez à peine les porter du filet au réservoir sans abîmer leurs contours fragiles. Avez-vous trouvé sur elles une seule trace de cette pression extrême ?

— La pression s'annule, dis-je. C'est la même à l'intérieur et à l'extérieur.

— Des mots – rien que des mots ! s'écria-t-il en secouant sa tête décharnée avec impatience. Vous avez ramené des poissons ronds comme le *gastrostomus globulus*. Ne seraient-ils pas complètement aplatis avec une pression telle que vous l'imaginez ? Et regardez nos palans. Ils ne vont pas s'écraser à l'entrée du chalut.

— Mais l'expérience des plongeurs ?

— Elle tient jusqu'à un certain point. L'augmentation de la pression est sûrement suffisante pour influencer l'oreille interne, qui est notre organe le plus sensible. Mais dans ce que je projette, nous ne serons soumis à aucune pression. Nous serons descendus dans une cage d'acier avec des vitres de cristal, de part et d'autre, pour observer. Si la pression n'est pas assez forte pour briser cinquante centimètres d'acier trempé à double épaisseur de nickel, elle ne nous fera aucun mal. C'est un prolongement de l'expérience des frères Williamson, à Nassau, que vous devez connaître. Si mes calculs sont faux – eh bien, vous m'avez dit que personne ne dépendait de vous. Nous mourrons dans une grande aventure. Mais si vous préférez vous retirer, j'irai seul.

Le projet me paraissait pure folie, mais tu sais combien il est difficile de refuser un défi. Tout en réfléchissant, je cherchais à gagner du temps.

— À quelle profondeur proposez-vous d'aller, monsieur ? demandai-je.

Il avait une carte épinglée sur la table, et il plaça l'extrémité de son compas sur un point se trouvant au sud-ouest des Canaries.

— L'année dernière, j'ai fait des sondages de ce côté-ci, dit-il. Il y a une fosse d'une grande profondeur. Soixante-quinze mètres. J'ai été le premier à la signaler. Je suis sûr que, sur les futures cartes, vous la trouverez sous le nom de “Fosse Maracot”.

— Mais, grands dieux, monsieur ! m'écriai-je, vous ne proposez pas de descendre dans de tels abysses ?

— Non, non, répondit-il en souriant. Ni notre chaîne de descente ni nos tubes à air ne sont conçus pour moins de sept cent cinquante mètres. Mais j'allais vous expliquer qu'autour de cette profonde crevasse sans doute formée par des forces volcaniques, se trouve une crête surélevée, un plateau étroit, qui n'est pas à moins de cinq cents mètres de la surface.

— Cinq cents mètres ! Un demi-kilomètre !

— Oui, environ un demi-kilomètre. Mon intention présente est que nous descendions dans notre station d'observation étanche à la pression jusqu'à ce plateau sous-marin. Là, nous ferons toutes les observations possibles. Un tube parlant nous reliera au bateau afin que nous puissions donner nos directives. Cela ne devrait pas poser de problème. Quand nous voudrons être remontés, il nous suffira de le demander.

— Et l'air ?

— Descendra jusqu'à nous par un système de pompes.

— Mais il fera nuit noire.

— Cela est vrai, j'en ai peur. Les expériences de Fol et de Sarasin dans le lac de Genève nous montrent que même les rayons ultra-violets n'atteignent pas ces profondeurs. Mais quelle importance ? Les moteurs du bateau nous fourniront un puissant éclairage électrique, complété par six cellules sèches de deux volts reliées entre elles, de façon à donner un courant de douze volts. Avec une ampoule à signaux de l'armée comme réflecteur mobile, cela devrait nous suffire. D'autres questions ?

— Et si nos lignes d'air s'emmêlent ?

— Elles ne s'emmêleront pas. Nous aurons de l'air comprimé en réserve dans des tubes qui pourra nous durer vingt-quatre heures. Vous ai-je donné satisfaction ? Viendrez-vous ?

La décision n'était pas facile à prendre. Le cerveau travaille vite et l'imagination est particulièrement puissante. Je voyais la descente de la boîte noire au fond de profondeurs primitives, je sentais l'air fétide respiré par deux fois, puis je voyais les parois vaciller, gonfler de l'intérieur, se fendre aux jointures, l'eau jaillir par l'orifice de chaque rivet, par chaque fissure, et remonter. C'était une mort lente terrible. Mais, en levant les yeux, je vis le regard farouche du vieil homme fixé sur moi avec l'exaltation d'un martyr de la science. Ce genre d'enthousiasme est contagieux, et si c'est de la folie, c'est une folie généreuse et noble. Sa grande flamme ralluma mon feu et je bondis sur mes pieds, main tendue.

— Docteur, je reste avec vous jusqu'au bout, dis-je.

— Je le savais, répondit-il. Ce n'est pas pour votre vague science que je vous ai choisi, mon jeune ami, ni pour votre connaissance intime des crabes pélagiques, ajouta-t-il avec un sourire. D'autres qualités pourraient nous être plus immédiatement utiles, ce sont la loyauté et le courage.

Je fus congédié sur cette petite douceur, mon avenir était scellé et mon plan de vie, entièrement ruiné. Bon, la dernière embarcation côtière s'en va. Ils appellent, pour le courrier. Peut-être n'entendras-tu plus jamais parler de moi, mon cher Talbot, ou peut-être recevras-tu une lettre qui vaudra la peine d'être lue. Si tu n'as plus de nouvelles, peux-tu prendre une pierre tombale flottante et la jeter quelque part au sud des Canaries avec l'inscription suivante :

"Ci-gît, ou dans les environs, ce que les poissons ont laissé de mon ami,

Cyrus J. Headley." »

Le deuxième document, dans cette affaire, est l'incompréhensible message télégraphié intercepté par plusieurs vaisseaux, dont le vapeur *Arroya,* de la Poste Royale. Il fut reçu le 3 octobre 1926 à 15 heures, c'est-à-dire qu'il fut délivré deux jours après que le *Stratford* eut quitté la Grande Canarie, comme le prouve la lettre précédente, ce qui correspond à peu près au moment où le trois-mâts norvégien vit un vapeur sombrer dans un cyclone à deux cents milles au sud-ouest de Porta de la Luz. En voici le contenu :

« Soufflé par le travers. Craignons position désespérée. Avons déjà perdu Maracot, Headley, Scanlan. Situation incompréhensible. Le mouchoir de Headley à l'extrémité du câble de sondage. Dieu nous aide !

S.S. Stratford. »

Tel fut le dernier message incohérent provenant du vaisseau au triste destin dont le caractère étrange fut mis sur le compte du délire de l'opérateur. Il semblait en tout cas ne laisser aucun doute quant au sort du navire.

L'explication de cette affaire – si on peut parler d'explication – se trouve dans le récit dissimulé à l'intérieur de la boule vitreuse, et sans doute serait-il opportun de développer le compte rendu trop bref paru dans la presse lors de la découverte de cette boule. Je reprends mot pour mot le journal de bord de l'*Arabella Knowles,* capitaine, Amos Green, cargaison de charbon, en partance de Cardiff vers Buenos Aires :

« Mercredi 5 janvier 1927. Lat. 27. 14, Long. 28 ouest. Temps calme. Ciel bleu, bancs de nuages, cirrus bas. Mer d'huile. Aux deux coups de l'horloge médiane, le premier officier signala qu'il avait vu un objet brillant s'élever au-dessus de la mer puis retomber. Il eut d'abord l'impression qu'il s'agissait d'un poisson bizarre, mais après l'avoir examiné avec sa lunette, il observa que c'était un globe argenté, une boule si légère qu'elle semblait posée, plutôt que flotter, à la surface des eaux. On m'appela et je vis une sorte de ballon de football, étinceler, à environ un demi-mille à tribord. Je stoppai les moteurs et envoyai le second sur le bateau arrière, le rapporter à bord.

Après examen, la boule se révéla faite d'un verre très dur, emplie d'une substance si légère que, lorsqu'on la lançait dans les airs, elle flottait comme un ballon de baudruche. Elle était presque transparente, et nous vîmes à l'intérieur une chose qui ressemblait à un rouleau de papier. Le matériau était si solide que nous eûmes les pires peines à le briser pour accéder au contenu. Le marteau ne suffit pas, et ce fut lorsque l'ingénieur en chef la plongea dans le jet de vapeur du moteur que nous pûmes la faire éclater. Je suis désolé de dire qu'elle explosa en une poussière d'étincelles, si bien qu'il fut impossible d'en recueillir une parcelle de taille suffisante pour en faire l'examen. Nous récupérâmes le papier et, concluant, après l'avoir étudié, qu'il était de grande importance, nous le conservâmes avec l'intention de le donner au consul de Grande-Bretagne en arrivant au Rio de la Plata. Enfant et adulte, j'ai navigué trente-cinq ans sur les mers mais c'est la chose la plus étrange que j'aie jamais rencontrée, et tous les hommes à bord en disent autant. Je laisse à des têtes plus sages que la mienne le soin d'en découvrir la signification. »

Voilà pour la genèse du récit de Cyrus J. Headley, que je transcrirai mot à mot.

À qui suis-je en train d'écrire ? Je suppose que je pourrais répondre, au monde entier, mais comme c'est assez vague, je me dirigerai vers mon ami sir James Talbot, de l'université d'Oxford, pour la simple raison que ma dernière lettre lui était adressée et qu'on peut considérer que celle-ci en est le prolongement. Il y a sans doute une chance sur cent pour que cette boule, à supposer qu'elle voie la lumière du jour et ne soit pas happée au passage par un requin, ou ballottée par les flots, attire le regard d'un marin, mais cela vaut la peine d'essayer, et Maracot en envoie une autre, si bien qu'entre les deux, il se peut que notre merveilleuse histoire parvienne jusqu'au monde. Le monde la croira-t-il, c'est autre chose, mais si quelqu'un aperçoit cette boule et sa couverture vitrifiée et remarque le gaz lévigène qui est à l'intérieur, il s'apercevra qu'il y a là quelque chose qui sort de l'ordinaire. En tout cas, toi, Talbot, tu ne la mettras pas de côté sans l'avoir lue.

Si quelqu'un désire savoir comment tout a commencé et ce que nous voulions faire, il trouvera cela dans la lettre que je t'ai écrite le 1er octobre de l'année dernière, au soir précédant notre départ de Porta de la Luz. Mon Dieu ! Si j'avais su ce qui nous attendait, je crois que je me serais glissé ce même soir dans une embarcation côtière. Et pourtant – même les yeux ouverts, je serais peut-être resté jusqu'au bout aux côtés du docteur. Oui, après mûre réflexion, cela ne fait aucun doute.

Je poursuivrai le récit de mes expériences en reprenant au jour de notre départ de la Grande Canarie.

Dès l'instant où nous fûmes sortis du port, le vieux Maracot s'enflamma littéralement. Le moment de l'action était enfin venu et l'énergie qui couvait en lui s'embrasa. Je te le dis, il prit possession du navire, de tout et de tous ceux qui se trouvaient à bord, pour les plier à sa volonté. L'érudit sec, grinçant, absent, avait soudainement disparu et à sa place surgissait une machine électrique humaine crépitant de vitalité, frémissant sous l'impulsion d'une force intérieure. Derrière ses lunettes, ses yeux brillaient comme la flamme d'une lanterne. Il semblait être partout à la fois, étudiant les distances sur sa carte, comparant ses calculs et ceux du capitaine, harcelant Bill Scanlan, me mettant sur cent tâches, tout cela avec méthode et dans un but précis. Il faisait preuve de connaissances inattendues en mécanique et en électricité et passait le plus clair de son temps à travailler à la machinerie que Scanlan assemblait sous sa direction avec soin.

« Eh bien, Mr. Headley, c'est épatant, dit Bill, au matin du deuxième jour. Entrez, jetez un coup d'œil. Le doc est un type bien, doublé d'un sacré mécanicien. »

J'eus la désagréable impression de contempler mon cercueil, mais si tel était le cas, il fallait reconnaître que ce mausolée était parfaitement adéquat. Le plancher avait été fixé aux quatre parois d'acier, et les fenêtres rondes vissées en leur centre. Une petite trappe permettait d'y accéder par le haut et il y en avait une seconde à la base. La cage d'acier était soutenue par une aussière métallique fine mais solide passant sur un cylindre qui s'enroulait ou se déroulait à l'aide du puissant moteur que nous utilisions pour nos chaluts de haute mer. L'aussière, si j'avais bien compris, faisait près de huit cents mètres de long, et son ballant s'enroulait autour des bollards du pont. Les tubes de caoutchouc étaient de même longueur, un câble téléphonique y était relié, ainsi qu'un autre par lequel on pouvait actionner des lumières électriques à partir des batteries du navire, même si nous bénéficiions, par ailleurs, d'une installation indépendante.

Ce fut au soir de cette journée que les moteurs furent stoppés. Le baromètre était bas et l'épais nuage noir qui se levait à l'horizon laissait présager des ennuis. Le seul bateau en vue était un trois-mâts arborant les couleurs norvégiennes, et nous observâmes qu'il avait largué les ris, s'attendant à quelques problèmes. Pour l'heure, tout était propice et le *Stratford* avançait doucement sur l'océan bleu foncé, orné, çà et là, du souffle blanc des alizés. Bill

Scanlan vint dans mon laboratoire en faisant montre d'une excitation que son tempérament léger ne laissait guère soupçonner.

« Regardez, Mr. Headley, dit-il, ils ont descendu ce truc jusqu'au fond du bateau par un puits. Vous croyez que le chef ira dedans ?

— C'est certain, Bill. Et j'irai avec lui.

— Vous êtes aussi fous l'un que l'autre, pour imaginer des choses pareilles. Mais je me sentirais moins que rien de vous laisser y aller seuls.

— Ce n'est pas votre affaire, Bill.

— Je trouve que c'est mon affaire, au contraire. Ma parole, je serais plus jaune qu'un Chinois avec la jaunisse si je vous laissais seuls. Merribank m'a envoyé surveiller la machinerie, et si la machinerie est au fond des mers, il faut que j'y sois aussi. L'adresse de Bill Scanlan – ce sont ces pièces d'acier, même si les gens autour de lui sont cinglés. »

Il était inutile de discuter, notre petit club de suicide comptait un membre supplémentaire, en conséquence de quoi nous attendîmes les ordres.

Ils travaillèrent toute la nuit sur les équipements, et après un petit déjeuner précoce, nous descendîmes dans la cale, parés pour l'aventure. La cage d'acier avait été à moitié descendue dans le faux plancher, et nous franchîmes un à un la trappe supérieure, qui fut fermée et verrouillée derrière nous, le capitaine Howie nous ayant serré la main au passage d'un air lugubre. Puis on nous fit descendre de quelques mètres, on tira l'obturateur, au-dessus, et l'eau pénétra pour tester l'étanchéité. La cage supporta bien l'épreuve, chaque jointure avait été fixée avec précision, il n'y avait pas la moindre fuite. Puis le battant inférieur de la cale s'ouvrit et nous restâmes en suspens dans l'océan, en dessous du niveau de la quille.

C'était une petite pièce douillette, et je m'émerveillais de l'adresse et de la prévoyance avec lesquelles tout avait été organisé. L'éclairage électrique n'était pas allumé mais un soleil semi-tropical brillait dans l'eau vert bouteille par les hublots. De petits poissons dansaient çà et là, traits d'argent sur fond vert. À l'intérieur se trouvait un canapé qui faisait le tour de la pièce, un cadran bathymétrique, un thermomètre et d'autres instruments s'alignaient au-dessus. Sous le canapé se trouvait une rangée de tuyaux représentant notre réserve d'air comprimé, au cas où les tubes nous feraient défaut. Ces tubes s'ouvraient au-dessus de nous, et l'appareil téléphonique était suspendu à côté. Nous entendions la voix du capitaine nous parler avec mélancolie.

« Êtes-vous vraiment déterminés ? demandait-il.

— Tout va bien, répondit le docteur avec impatience. Vous effectuerez les manœuvres de descente avec lenteur, qu'il y ait toujours quelqu'un au récepteur. Je vous signalerai les conditions. Quand nous aurons atteint le fond, restez jusqu'à ce que je vous donne mes instructions. Il ne faudra pas que la pression soit trop forte sur l'aussière, mais un mouvement lent de deux nœuds à l'heure devrait être à sa portée. Et maintenant, "Faites descendre !" »

Il hurla ces deux mots en poussant un cri de dément. C'était le moment suprême de sa vie, le fruit de ses rêves les plus chers. Un instant, je fus troublé à la pensée que nous étions tombés sous la coupe d'un monomaniaque convaincant et rusé. Bill Scanlan eut la même pensée car il me regarda en faisant une grimace contrite et en se touchant le front. Mais, après cette folle explosion, notre chef redevint instantanément un homme mesuré et sobre. En vérité, il suffisait de regarder l'ordre et la prévoyance que révélait chaque détail autour de nous pour être rassurés sur la puissance de son intelligence.

Mais toute notre attention était retenue par la merveilleuse expérience que nous vivions à chaque instant. La cage s'enfonçait lentement dans les profondeurs de l'océan. L'eau vert clair devenait vert olive. Celui-ci se transforma à son tour en un bleu magnifique, un bleu profond qui s'épaissit peu à peu en un pourpre sombre. Nous nous enfoncions de plus en plus – trente, soixante, quatre-vingt-dix mètres. Les valves fonctionnaient à la perfection. Notre respiration était aussi libre et naturelle que si nous étions sur le pont du navire. L'aiguille du bathymètre faisait lentement le tour du cadran lumineux. Cent vingt, cent cinquante, cent quatre-vingts mètres.

« Comment allez-vous ? rugit une voix anxieuse au-dessus de nous.

— On ne peut mieux », répliqua Maracot en criant.

Mais la lumière baissait. Il n'y avait plus qu'une faible pénombre grise qui se transforma rapidement en une obscurité totale.

« Stoppez ! » cria notre chef.

Nous nous immobilisâmes et demeurâmes suspendus à deux cent dix mètres sous la surface de l'océan. J'entendis le déclic de l'interrupteur, l'instant d'après, nous étions inondés d'une splendide lumière dorée qui versait par chacune de nos fenêtres latérales et envoyait de longues perspectives scintillantes dans l'étendue des eaux qui nous entourait. Le visage pressé contre la vitre épaisse, chacun à notre hublot, nous contemplions une vue que nul homme n'imaginait.

Jusqu'alors, nous connaissions ces strates par quelques poissons trop lents pour éviter notre chalut maladroit, ou trop stupides pour échapper à la seine. À présent, nous avions la vision du monde merveilleux de l'eau tel qu'il était vraiment. Si l'objet de la création était la production de l'homme, il est curieux que l'océan soit plus peuplé que la terre. Broadway un samedi soir ou Lombard Street un après-midi de semaine ne sont guère plus bondés que les grands espaces maritimes qui s'étendaient devant nous. Nous avions dépassé les strates superficielles où les poissons sont sans couleur ou teintés de couleurs maritimes, l'ultramarine au-dessus et l'argent en dessous. Ici se trouvaient des créatures de toutes les formes, de toutes les teintes imaginables que la vie pélagique proposait. Des *leptocephali* délicats ou des larves d'anguilles jaillissaient comme des traits d'argent bruni dans un tunnel de lumière. La lente forme serpentine de la murène, la lamproie de haute mer, tordue et difforme, ou la noire *ceratia*, toute bouche et piquants, fixaient nos visages contemplatifs stupéfiés. Parfois, c'était la seiche trapue qui dérivait et qui nous regardait avec de sinistres yeux humains, parfois c'était une forme de vie pélagique d'une clarté cristalline, *cystoma* ou *glaucus*, qui fleurissait le paysage de façon charmante. Un énorme *caranx*, sorte de thon, buta sauvagement contre notre vitre, jusqu'à ce que l'ombre noire d'un requin de deux mètres le recouvre et qu'il disparaisse entre ses mâchoires grandes ouvertes. Le Dr Maracot était assis, en extase, son carnet de notes sur les genoux, griffonnant ses observations, marmonnant ses commentaires scientifiques sous forme de monologue. « Qu'est-ce que c'est ? Qu'est-ce que c'est ? » entendais-je. « Oui, *chimoera mirabilis,* relevée par Michael Sar. Mon Dieu, voici le *lepidion,* une espèce nouvelle, apparemment. Observez ce *macrurus*, Mr. Headley ; sa coloration est très différente de ceux que nous attrapons dans nos filets. » Il ne fut déconcerté qu'une seule fois. Quand un long objet ovale jaillit devant sa fenêtre à vive allure, laissant un vibrant sillage qui s'étendit aussi loin que portait notre vue, au-dessus et en dessous de nous. J'admets que j'étais aussi perplexe que le docteur, et ce fut Bill Scanlan qui résolut l'énigme.

« Je crois que ce ballot de John Sweeney nous a lancé son plomb. C'est peut-être une plaisanterie, pour qu'on se sente moins seuls.

— Bien sûr ! Bien sûr ! fit Maracot en ricanant. *Plumbus longicaudatus* — une espèce nouvelle, Mr. Headley, queue en corde de piano et plomb dans le nez. En vérité, ils doivent faire des sondages pour que nous restions au-dessus du plateau, dont la taille est restreinte. Bien, capitaine ! cria-t-il. Vous pouvez nous faire descendre. »

Nous descendîmes. Le Dr Maracot éteignit la lumière électrique et ce fut l'obscurité totale, une fois de plus, à l'exception du cadran lumineux du bathymètre qui rythmait notre chute avec régularité. En dehors d'un doux balancement, nous avions à peine conscience du mouvement. Seule l'aiguille mobile du cadran nous indiquait notre position terrible et inconcevable. Nous étions à trois cents mètres, l'air devenait nettement fétide. Scanlan huila la valve du tube de décharge, et les choses s'améliorèrent. Nous nous arrêtâmes à quatre cent cinquante mètres de profondeur pour naviguer au milieu de l'océan, avec nos lumières étincelantes. Une grande masse sombre passa devant nous, était-ce un espadon, un requin de haute mer, un monstre de race inconnue, nous ne pûmes le déterminer. Le docteur éteignit hâtivement les lumières.

« Voici notre risque principal, dit-il, il y a certaines créatures, au sein des profondeurs, devant lesquelles notre pièce plaquée d'acier a autant de chances qu'une ruche sous la poussée d'un rhinocéros.

— Les baleines, suggéra Scanlan.

— Certes, les baleines peuvent aller très profond, répondit le savant. On raconte qu'une baleine du Groenland a fait une plongée perpendiculaire de plus d'un kilomètre. Mais, à moins d'être blessée ou terriblement effrayée, aucune baleine ne descendrait si bas. C'était peut-être une méduse géante. On en trouve à toutes les profondeurs.

— J'imagine que les méduses sont trop molles pour nous heurter. Ce serait amusant qu'une méduse fasse un trou dans l'acier Merribank.

— Elles ont le corps mou, répliqua le professeur, mais le museau d'une grosse méduse peut transpercer une barre de fer, et un coup de museau peut pénétrer dans ces vitres épaisses comme dans du parchemin.

— Allez, en avant ! » s'écria Bill quand nous reprîmes notre descente.

Nous nous posâmes enfin, gentiment, doucement. L'impact était si délicat que nous ne l'aurions guère remarqué sans la lumière qui, une fois allumée, nous montra les grandes boucles de l'aussière qui nous entourait. Le câble menaçait nos tubes d'air, risquait de les obstruer, et au cri pressant de Maracot, il fut tendu par une pression d'en haut. Le cadran marquait cinq cent quarante mètres. Nous gisions, immobiles, sur une chaîne volcanique au fond de l'Atlantique.

2

Un instant, je crois que nous eûmes tous le même sentiment. Nous n'avions envie de ne rien faire, de ne rien voir. Seulement de rester tranquillement assis pour tenter de savourer ce miracle – nous étions en plein cœur de l'un des plus grands océans du monde. Mais bientôt, l'étrange scène éclairée de toutes parts par nos lumières nous attira aux fenêtres.

Nous étions installés sur un lit d'algues hautes (« *Cutleria multifida* », énonça Maracot) dont les frondes jaunes, mues par un courant sous-marin, oscillaient comme des branches sous une brise d'été. Elles n'étaient pas assez longues pour nous obscurcir la vue, même si leurs grandes feuilles plates d'un or profond passaient devant nos yeux de temps à autre. Au-delà s'étendaient des versants couverts de scories noirâtres garnies de charmantes créatures colorées, holothuriens, ascidiens, *echini* et échinodermes, aussi denses qu'une rive anglaise printanière parsemée de primevères et de jacinthes. Ces fleurs marines vivantes, d'un écarlate vif, d'un pourpre dense, d'un rose délicat, s'étalaient à profusion sur un fond noir charbon. Çà et là, de grandes éponges surgissaient des fissures de roches noires, des poissons de fonds moyens jaillissaient, tels des traits de couleurs passant dans notre cercle de lumière. Nous contemplions avec ravissement cette scène féerique quand une voix anxieuse nous parvint par le tube :

« Alors, ça vous plaît ? Tout va bien ? Ne soyez pas trop longs car le baromètre baisse et je n'aime pas ça. Vous avez assez d'air ? Qu'est-ce qu'on peut faire pour vous ?

— Tout va bien, capitaine ! s'écria gaiement Maracot. Nous ne serons pas longs. Nous prenons soin de nous. Notre confort est aussi grand que dans notre cabine. Préparez-vous à nous déplacer lentement. »

Comme nous étions parvenus dans la région des poissons lumineux, nous nous amusâmes à éteindre nos lumières et, dans les ténèbres totales – ténèbres dans lesquelles on pourrait suspendre pendant une heure une plaque sensible sans trouver trace d'un rayon ultra-violet –, à observer l'activité phosphorescente de l'océan. De petits points de lumière se déplaçaient sur une sorte de rideau de velours noir avec la régularité d'un paquebot, la nuit, qui, de sa longue rangée de hublots, laisserait un trait de lumière. Une terrifiante créature biblique menaçait de ses dents lumineuses l'obscurité externe. Une autre avait de longues antennes dorées, une autre encore, un plumet de flammes sur la tête. Aussi loin que portait la vue, des points brillants luisaient dans le noir, chaque petit être vaquait à ses occupations, éclairant sa course aussi sûrement que le taxi de nuit, à l'heure des théâtres, sur le Strand. Bientôt, nous remîmes nos lumières et le docteur recommença ses observations sur le fond des mers.

« La profondeur où nous sommes n'est pas encore suffisante pour recueillir des dépôts bathyaux spécifiques, dit-il. Ils sont hors d'atteinte. Peut-être une autre fois, avec une aussière plus longue...

— Arrêtez ! grogna Bill. Oubliez ! »

Maracot sourit.

« Vous aurez l'occasion de vous acclimater aux profondeurs, Scanlan. Ce ne sera pas notre seule descente.

— Vous parlez ! marmonna Bill.

— Vous ne penserez plus qu'à redescendre dans la cale du *Stratford.* Vous remarquerez, Mr. Headley, qu'ici, la base, autant que nous puissions l'observer à travers la densité des *hydroza* et des éponges siliceuses, est formée de pierre ponce et de scories de basalte noir, signes d'activités plutoniennes anciennes. Je suis enclin à penser que tout cela confirme mon opinion première, à savoir que cette chaîne fait partie d'une formation volcanique et que la Fosse Maracot – il déroulait ces mots en les savourant – représente le versant extérieur de la montagne. Il m'a paru que ce serait une expérience intéressante de déplacer notre cage avec lenteur, jusqu'à atteindre le bord de la Fosse, pour voir quelle formation s'y trouve. J'imagine un précipice aux dimensions majestueuses qui descendrait abruptement dans les profondeurs extrêmes de l'océan. »

L'expérience me paraissait dangereuse, car qui pouvait dire jusqu'à quel point notre aussière fine supporterait la tension d'un mouvement latéral ; mais chez Maracot, le danger n'existait pas, ni pour les autres ni pour lui, lorsqu'il s'agissait d'effectuer une observation scientifique. Je retins mon souffle, Bill Scanlan aussi, observais-je, quand un lent mouvement de notre coquille d'acier, effleurant les frondes d'algues oscillantes, nous montra que la tension atteignait son point maximal. Mais le filin la supporta avec noblesse et nous commençâmes à glisser sur le fond de l'océan en progressant doucement, Maracot tenant un compas dans le creux de sa main, criant ses directives quant au parcours à suivre, ordonnant, à l'occasion, de remonter notre coquille pour éviter un obstacle.

« Cette chaîne basaltique ne fait pas plus d'un kilomètre et demi, expliqua-t-il. J'avais noté que l'abysse se trouvait à l'ouest du point où nous avions effectué notre plongée. À ce compte, nous l'aurons atteint dans peu de temps. »

Nous glissions sans frein sur la plaine volcanique ornée d'algues dorées qui se balançaient, embellies des feux que jetaient les splendides joyaux taillés par la nature. Le docteur se précipita soudain sur le téléphone.

« Stoppez ! cria-t-il. Nous y sommes ! »

Un fossé monstrueux s'ouvrait devant nous. C'était un endroit terrifiant, une vision de cauchemar. Des falaises de basalte d'un noir luisant tombaient dans l'inconnu. Leurs bords étaient frangés de *laminaria* pendillant comme des fougères au-dessus d'une gorge terrestre, mais sous le rebord parcouru de vibrations, il n'y avait que l'éclat noir des parois de l'abîme. Le rocher s'incurvait au loin mais quelle pouvait être la largeur de l'abysse ? Les ténèbres qui s'étendaient devant nous étaient impénétrables. Une ampoule à signaux braquée vers le fond lança un long couloir de rayons parallèles descendant en bas, tout en bas, jusqu'à se fondre dans la noirceur du terrible abîme qui s'ouvrait en dessous de nous.

« C'est magnifique ! s'écria Maracot, une expression de propriétaire satisfait peinte sur son visage mince et enthousiaste. Il y a la Fosse Challenger de sept mille huit cents mètres, près des îles Ladrone, la Fosse de la Planète, de neuf mille six cents mètres, au large des Philippines, et bien d'autres, mais la Fosse Maracot est probablement unique par la déclivité de sa pente, et remarquable pour avoir échappé à l'observation des nombreux explorateurs hydrographiques qui ont cartographié l'Atlantique. On ne peut guère douter que... »

Il s'était arrêté au milieu d'une phrase, s'était figé avec une expression d'intérêt et de surprise intenses. Bill Scanlan et moi, regardant par-dessus son épaule, fûmes pétrifiés par le spectacle qui se déroulait sous nos yeux.

Une grande créature remontait le tunnel de lumière que nous projetions dans les abysses. À l'endroit où il disparaissait dans les ténèbres de la fosse, nous distinguions les vagues écarts et les bonds d'un corps monstrueux effectuant une lente ascension. Avec des mouvements maladroits, la créature remontait vers le bord du gouffre en jetant de faibles lueurs. Maintenant qu'elle approchait, elle se trouvait dans notre rayon, et nous vîmes nettement sa forme affreuse. C'était une bête inconnue de la science, comportant pourtant des analogies avec plusieurs de celles que nous connaissions. Trop longue pour être un crabe géant, trop petite pour être un homard géant, ses formes se rapprochaient plutôt de la langouste, avec deux monstrueuses pinces tendues de chaque côté et une paire d'antennes longues de cinq mètres balançant devant des yeux noirs, ternes et maussades. La carapace, d'un jaune clair, faisait quelque trois mètres de largeur, et sa longueur totale, sans compter les antennes, n'était guère inférieure à neuf mètres.

« Magnifique ! s'écria Maracot, griffonnant frénétiquement sur son carnet. Yeux semi-pédiculés, *lamelae* élastiques, famille des crustacés, espèce inconnue. Pourquoi pas – *Crustaceus Maracoti* ? Pourquoi pas ?

— Seigneur, je me moque de son nom mais j'ai l'impression qu'il vient droit sur nous ! cria Bill. Dites, doc, si on éteignait la lumière ?

— Attendez que j'aie noté les réticulations ! s'écria le naturaliste. Oui, ça ira. »

Il appuya sur l'interrupteur et nous nous retrouvâmes dans un noir d'encre, parcouru de flèches lumineuses comme des météores par une nuit sans lune.

« Ce doit être la bête la plus affreuse au monde, dit Bill en s'essuyant le front. Je me sens comme au matin, quand j'ai ingurgité, la veille, une mauvaise gnole de la Prohibition.

— C'est un spectacle terrible, reconnut Maracot, et ce serait une terrible lutte si nous étions exposés à ces pinces monstrueuses. Mais dans notre caisse d'acier, nous pouvons nous permettre de l'examiner à notre guise en toute sécurité. »

À peine avait-il prononcé ces mots qu'un coup semblable à un coup de pioche fut porté contre la paroi externe. On entendit un long râle, puis un grattement qui se termina par un autre coup sec.

« Eh, il veut entrer ! s'exclama Bill Scanlan, alarmé. Ma parole, nous allons écrire "Accès interdit" sur notre cabane. »

Le tremblement de sa voix était le signe d'une gaieté forcée et j'avoue que mes genoux s'entrechoquaient en voyant le monstre apparaître furtivement à chacune de nos fenêtres, les obscurcissant tour à tour dans son exploration d'une coquille étrange qui, s'il parvenait à la faire craquer, contiendrait sa ration du jour.

« Cette brute ne peut nous faire aucun mal, déclara Maracot d'un ton moins assuré. Mais ce serait aussi bien de nous en débarrasser. »

Il appela le capitaine par le tube.

« Soulevez-nous d'une huitaine de mètres », cria-t-il.

Quelques secondes plus tard, nous décollions de

la plaine de lave et balancions en douceur dans une eau calme. Mais la terrible bête était obstinée. Après un bref intervalle, nous entendîmes une fois de plus les grincements de ses tentacules et le heurt sec de ses pinces qui nous cherchaient. C'était affreux de rester dans le noir, silencieux, sachant notre mort proche. Si cette puissante pince venait la frapper, la vitre supporterait-elle la pression ? Cette question non formulée hantait nos esprits.

Soudain apparut un danger inattendu plus pressant. Les coups provenaient du toit de notre petit appartement et nous balancions d'avant en arrière.

« Mon Dieu ! m'écriai-je. Il s'est emparé de l'aussière. Il va la casser.

— Dites, doc, si on revenait à la surface ? Je suppose que nous avons vu ce que nous étions venus voir et Bill Scanlan aimerait bien retrouver son *home, sweet home.* Appelez l'ascenseur et partons.

— Mais nous n'avons pas fait la moitié de notre travail, protesta Maracot. Nous avons à peine commencé l'exploration du bord de la Fosse. Voyons au moins quelle en est la largeur. Une fois que nous aurons atteint l'autre côté, je serai ravi de rentrer. » Et, dans le tube, il ajouta : « Très bien, capitaine. Vitesse de deux nœuds jusqu'à ce que je vous dise d'arrêter. »

Nous nous déplacions lentement au-dessus du rebord de l'abysse. Puisque l'obscurité ne nous avait pas permis d'échapper à l'attaque, nous avions remis les lumières. L'un des hublots était totalement obscurci par ce qui semblait être l'abdomen de la créature. Sa tête et ses grandes pinces travaillaient au-dessus de nous et nous balancions toujours, comme une cloche qui sonne. La bête devait posséder une force énorme. Des mortels s'étaient-ils déjà trouvés dans cette situation, sous huit mille mètres d'eau – avec un funeste monstre au-dessus d'eux ? Les oscillations devenaient de plus en plus violentes. Un cri vif descendit dans le tube, le capitaine avait remarqué les secousses de l'aussière, Maracot bondit sur ses pieds, levant les mains en signe de désespoir. À l'intérieur de la coquille, nous ressentîmes le choc des câbles qui se rompaient et, un instant plus tard, nous tombions dans le gouffre puissant qui s'ouvrait sous nos pieds.

Quand je reviens en pensée à ce moment d'horreur, j'entends le cri sauvage de Maracot.

« L'aussière s'est détachée ! Il n'y a rien à faire ! Nous sommes morts ! » hurla-t-il en s'emparant du tube du téléphone, puis il ajouta : « Au revoir, capitaine, au revoir à tous. »

Telles furent nos dernières paroles à l'adresse du monde des hommes.

Contrairement à ce que vous pourriez imaginer, notre chute ne fut pas brutale. Malgré le poids, notre coquille creuse nous donnait une flottabilité durable, et nous sombrâmes lentement dans l'abîme. J'entendis un long frottement, nous glissions entre les pinces de l'horrible créature qui avait provoqué notre perte, puis, effectuant une douce giration, nous allâmes tourbillonner dans les profondeurs abyssales. Il s'était écoulé cinq minutes qui avaient paru durer une heure avant que notre câble téléphonique ait atteint sa limite, nous l'entendîmes casser comme un fil. Notre tube d'air cassa presque au même instant et l'eau salée jaillit par les conduits. De ses mains habiles et vives, Bill Scanlan noua des cordages autour de chacun des tubes de caoutchouc pour stopper l'irruption tandis que le docteur ôtait le couvercle de l'air comprimé qui sortit des tubes avec un sifflement. Quand le câble s'était rompu, les lumières s'étaient éteintes mais le docteur put tout de même connecter dans le noir les cellules sèches qui allumèrent les lampes du plafond.

« Cela devrait durer une semaine, fit-il avec un sourire ironique. Au moins, nous ne mourrons pas dans le noir. »

Puis il secoua tristement la tête et un sourire vint adoucir son visage austère.

« Pour moi, ce n'est pas très grave. Je suis vieux, j'ai fait ce que j'avais à faire dans ce monde. Mon seul regret est d'avoir emmené deux jeunes gens. J'aurais dû prendre ce risque seul. »

Je lui serrai la main pour le rassurer car il n'y avait

rien à dire. Bill Scanlan se taisait aussi. Nous coulions lentement, d'après l'allure des ombres noires des poissons qui filaient devant nos vitres. On aurait dit que c'étaient eux qui s'envolaient plutôt que nous qui tombions. Nous balancions toujours, et, apparemment, rien ne pourrait nous empêcher de nous coucher sur le côté ou de nous renverser, la tête en bas. Heureusement, comme notre poids était équitablement réparti, le sol restait horizontal. Levant les yeux vers le bathymètre, je vis que nous avions déjà atteint mille cinq cents mètres de profondeur.

« Voyez, c'est ce que j'avais dit, observa Maracot avec une certaine complaisance. Vous avez peut-être vu mon article dans les actes de la Société d'océanographie sur la relation entre profondeur et pression. J'aimerais tellement revenir faire quelques observations au monde, ne serait-ce que pour confondre Bülow de Giessen, qui s'est aventuré à me contredire.

— Seigneur ! Si nous pouvions revenir faire quelques observations, je ne perdrais pas mon temps avec un intellectuel boche, fit le mécanicien. Il y a un petit poussin, à Philadelphie, qui aura les larmes aux yeux en apprenant que Bill Scanlan est passé de l'autre côté. Enfin, c'est une curieuse façon de partir.

— Vous n'auriez jamais dû venir, dis-je en posant ma main sur la sienne.

— J'aurais eu l'air de quoi si je vous avais laissés tomber ? répliqua-t-il. Non, c'est mon boulot, je suis content d'être venu.

— Combien de temps nous reste-t-il ? » demandai-je au docteur, après une pause.

Il haussa les épaules.

« Nous aurons tout le temps de voir le vrai fond de l'océan, dit-il. Il y a assez d'air dans nos tubes pour une bonne partie de la journée. Le problème, ce sont les toxines que nous rejetons. Voilà ce qui risque de nous étouffer. Si nous pouvions nous débarrasser du dioxyde de carbone...

— Ce doit être impossible.

— Il y a un tube à oxygène. Je l'avais prévu en cas d'accident. Si nous en prenons de temps en temps, cela nous aidera. Vous observerez que nous sommes maintenant à plus de trois mille deux cents mètres de profondeur.

— Pourquoi essayer de nous maintenir en vie ? Plus tôt ce sera fini, mieux ce sera, dis-je.

— Voilà la solution, s'écria Scanlan. Tout couper, terminé.

— Et rater le spectacle le plus magnifique qu'un homme ait jamais vu ! repartit Maracot. Ce serait une trahison envers la science. Enregistrons les faits jusqu'à la fin, même s'ils doivent être ensevelis avec nos corps à jamais. Jouez le jeu jusqu'au bout.

— Quel type, le doc ! s'exclama Scanlan. C'est lui qui a le plus de cran. Allons jusqu'au bout. »

Nous nous assîmes patiemment tous les trois sur le canapé, agrippant les bords de nos doigts tendus lorsqu'il tanguait ou balançait tandis que les poissons remontaient allègrement par le travers des hublots.

« Quatre mille cinq cents mètres, annonça Maracot. Je vais mettre de l'oxygène, Mr. Headley, car nous devons être tout près. Il y a une chose, ajouta-t-il en gloussant de son rire sec. À dater de ce jour, ce lieu sera certainement baptisé Fosse Maracot. Quand le capitaine Howie rapportera la nouvelle, mes collègues veilleront à ce que ma tombe soit également mon monument. Même Bülow de Giessen... »

Il débita une doléance scientifique inintelligible.

Nous étions redevenus silencieux, observant l'aiguille qui se dirigeait vers les six mille mètres. À un endroit, nous heurtâmes une chose lourde qui nous secoua si violemment que j'eus peur que nous ne finissions couchés sur le côté. C'était un poisson énorme, à moins que nous n'ayons heurté une projection de la falaise par-dessus laquelle nous avions été précipités. Ce bord qui nous avait paru, à l'époque, d'une profondeur étonnante, considéré depuis notre terrifiant abysse, faisait presque partie de la surface. Nous tournions, tournoyions de plus en plus bas dans l'étendue des eaux vert sombre. Le cadran marquait sept mille cinq cents mètres.

« Nous sommes presque au bout de notre voyage, commenta Maracot. Mon enregistreur me donnait huit mille mètres, l'an dernier, à l'endroit le plus profond. Peut-être que nous serons broyés par le choc. Peut-être que... »

Nous atterrîmes à cet instant.

Jamais bébé déposé par sa mère sur un duvet ne se posa plus doucement que nous sur le fond extrême de l'océan Atlantique. La vase douce, élastique et épaisse sur laquelle nous reposions était un amortisseur parfait qui nous avait épargné les moindres secousses. C'est à peine si nous remuâmes sur nos sièges et il valait mieux, car nous étions perchés sur une sorte de tertre recouvert d'une couche épaisse de boue gélatineuse et visqueuse, en équilibre, oscillant en douceur, avec près de la moitié de notre base en saillie, sans support. Nous risquions de culbuter sur le côté mais finîmes par nous stabiliser et nous immobiliser. À cet instant, le Dr Maracot, regardant par le hublot, poussa un cri de surprise et tourna hâtivement la lumière électrique.

À notre grand étonnement, nous pouvions voir. Une faible lumière brumeuse pénétrait, semblable aux froids rayons d'une matinée d'hiver. Nous regardâmes l'étrange scène, sans lumière, nous avions tout de même une vision nette à quelques centaines de mètres de distance dans chaque direction. C'était impossible, c'était inconcevable, mais l'évidence de nos sens ne nous en démontrait pas moins que c'était un fait. Les grands fonds de l'océan sont lumineux.

« Pourquoi pas ? s'écria Maracot, alors que nous étions demeurés quelques instants silencieux. N'aurais-je pas dû le prévoir ? Quel est ce limon ptéropode, ou globigerine ? N'est-il pas le produit d'une décomposition, les corps désintégrés de milliards et milliards de créatures organiques ? Et la décomposition n'est-elle pas associée à la luminosité phosphorescente ? Où pourrions-nous l'observer, dans toute la création, si ce n'est là ? Ah, qu'il est dur d'assister à une telle démonstration sans pouvoir transmettre notre savoir au monde.

— Pourtant, à une époque, nous avions ramassé une demi-tonne de gelée radiolarienne sans détecter le moindre rayonnement, remarquai-je.

— Elle doit le perdre au cours de sa longue remontée vers la surface. Et qu'est-ce qu'une demi-tonne, comparée à ces immenses plaines de lente putréfaction ? Regardez, regardez, s'écria-t-il, pris d'une excitation incontrôlable, les créatures sous-marines paissent sur ce tapis organique comme les troupeaux dans nos prairies. »

Tandis qu'il parlait, un banc de gros poissons noirs, lourds et trapus, se dirigeait lentement vers nous au-dessus du sol de l'océan, fouillant parmi les pousses spongieuses, picorant à mesure qu'ils avançaient. Une autre créature rouge énorme, telle une ridicule vache océanique, ruminait devant mon hublot tandis que d'autres paissaient, çà et là, levant de temps en temps la tête pour considérer cet étrange objet soudainement apparu.

Je ne pouvais que m'émerveiller de Maracot, qui, dans cette atmosphère fétide, assis à l'ombre de la mort, obéissait encore à l'appel de la science et griffonnait ses observations sur son carnet. Sans suivre pour autant la précision de sa méthode, j'effectuais mentalement mes propres observations, qui demeureraient à jamais gravées dans mon cerveau. Si les plaines les plus basses de l'océan sont constituées d'argile rouge, le limon gris bathyal qui la recouvrait ondulait à perte de vue. Cette plaine, loin d'être lisse, était parcourue de nombreux monticules arrondis comme celui sur lequel nous étions perchés, étincelant dans une lumière spectrale. Entre ces collines surgissaient des nuées de poissons étranges dont beaucoup étaient inconnus de la science, offrant toutes les nuances de couleurs, avec une prédominance de rouge et de noir. Maracot les observait en tentant de réfréner son excitation et les répertoriait dans ses notes.

L'air était devenu plus que fétide, seule une nouvelle émission d'oxygène pouvait nous sauver. Curieusement, nous avions faim – une faim de loup, devrais-je dire – et nous fîmes un sort aux rillettes de bœuf accompagnées de pain et de beurre, arrosées d'eau et de whisky qui nous était fournis par la prévoyance de Maracot. Ma perception ayant été restimulée par ce rafraîchissement, j'étais installé à mon poste de guet, aspirant à une dernière cigarette, quand mon regard surprit une chose qui me transmit un tourbillon de pensées et d'attentes étranges.

J'ai dit que la plaine grise ondulée était parsemée, de part et d'autre, de monticules. L'un d'eux, particulièrement grand, se trouvait devant mon hublot, à une dizaine de mètres de distance. Sur le côté, il y avait une marque, et, regardant plus attentivement, je vis, à ma grande surprise, que cette marque se répétait à l'infini, jusqu'à ce qu'elle disparaisse dans le tournant. Quand on est si près de la mort, il en faut beaucoup pour qu'une chose en rapport avec ce monde vous donne le frisson, mais le souffle me manqua un instant et mon cœur cessa de battre quand je m'aperçus, tout à coup, que je regardais une frise antique et usée, et que c'était la main de l'homme qui avait gravé ces figures effacées. Maracot et Scanlan se précipitèrent vers mon hublot et contemplèrent avec stupéfaction les signes d'une énergie humaine omniprésente.

« C'est de la gravure ! s'écria Scanlan. Je suppose que cette bosse était le toit d'un édifice. Les autres sont aussi des édifices. Dites, chef, nous sommes tombés en plein patelin.

— C'est une cité ancienne, dit Maracot. La géologie nous enseigne que les mers furent des continents et les continents, des mers, mais je me suis toujours méfié de l'idée qu'en des temps aussi récents que le quaternaire il y ait eu un affaissement de l'Atlantique. La rumeur égyptienne rapportée par Platon avait donc un fondement. Ces formations volcaniques confirment l'idée que l'affaissement était dû à une activité sismique.

— Il y a une régularité, dans ces dômes, remarquai-je. Je commence à penser que ce ne sont pas des maisons distinctes mais des coupoles ornant le toit d'un énorme bâtiment.

— Je suppose que vous avez raison, dit Scanlan. Il y en a quatre gros, un à chaque coin, et des petits entre eux. Sacré bâtiment, si on pouvait voir l'ensemble ! On pourrait y loger toute l'usine Merribank – et il resterait encore de la place.

— Il a été enseveli jusqu'au toit par les projections venues d'en haut, dit Maracot. D'un autre côté, il n'est pas en ruine. Dans les grandes profondeurs, la température constante d'un peu plus de

0 degré peut stopper le processus de destruction. Même la dissolution des restes bathyaux qui recouvrent le fond de l'océan et qui, incidemment, nous donnent cette luminosité, doit être lente. Mon Dieu ! Ce n'est pas une frise mais une inscription. »

Il avait raison, sans aucun doute. Le même symbole se répétait. Ces marques étaient les lettres d'un alphabet archaïque.

« J'ai étudié l'antiquité phénicienne, et ces caractères ont quelque chose d'évocateur et de familier, dit notre chef. Mes amis, nous venons de voir une cité engloutie des temps anciens, nous emportons une sacrée information dans la tombe. Il n'y a plus rien à apprendre. Le livre du savoir s'est refermé. Je suis d'accord avec vous, pour la fin, le plus tôt sera le mieux. »

Cela ne pouvait pas durer très longtemps. L'air stagnait affreusement. La production de carbone était si lourde que l'oxygène avait peine à forcer le passage de la pression. En restant sur le canapé, nous respirions des bouffées d'air plus pur, mais la puanteur méphitique augmentait lentement. Le Dr Maracot croisa les bras d'un air résigné et inclina la tête sur sa poitrine. Scanlan, accablé par les exhalaisons, était affalé sur le plancher. J'avais la tête qui tournait, je sentais un poids intolérable sur ma poitrine. Je fermai les yeux, mes sens m'abandonnaient rapidement. Je les rouvris pour jeter un dernier regard sur le monde que je quittais, et, ce faisant, vacillai sur mes jambes, poussant un cri de stupéfaction.

À travers le hublot, un visage humain nous regardait.

Était-ce du délire ? Je m'agrippai à l'épaule de Maracot et le secouai violemment. Il se redressa et contempla l'apparition, émerveillé, sans voix. S'il la voyait comme moi, il ne s'agissait pas d'une invention de mon esprit. C'était un visage long et maigre, à la peau sombre, avec une courte barbe en pointe et deux yeux vifs lançant des regards brefs interrogateurs qui enregistraient le détail de notre situation. Un étonnement extrême s'était peint sur ses traits. Toutes nos lumières étant allumées, ce devait être, en vérité, un tableau bien étrange qui se présentait à son regard, dans cette minuscule chambre mortuaire où un homme gisait sans connaissance tandis que les deux autres le fixaient avec des traits déformés et tordus de mourants, cyanosés sous l'effet d'un début d'asphyxie. Nous avions porté tous deux les mains à la gorge et nos poitrines se soulevaient en un message de désespoir. L'homme fit un signe de la main et s'éloigna hâtivement.

« Il nous abandonne ! s'écria Maracot.

— À moins qu'il n'aille chercher de l'aide. Portons Scanlan sur le sofa. Il va mourir s'il reste à terre. »

Nous tirâmes le mécanicien jusqu'au canapé et posâmes sa tête sur des coussins. Il avait le visage gris, il délirait, mais son pouls battait encore.

« Il y a de l'espoir, dis-je d'une voix rauque.

— Mais c'est de la folie, s'écria Maracot. Comment peut-on vivre au fond de l'océan ? Comment peut-il respirer ? C'est une hallucination collective. Mon jeune ami, nous sommes devenus fous. »

Regardant le paysage blême, désolé et gris, sous une lumière spectrale maussade, je sentis que Maracot avait peut-être raison. Tout à coup, je pris conscience d'un mouvement. Des ombres filaient dans l'eau lointaine. Elles se raidirent, s'épaississent en silhouettes mouvantes. Une foule traversait le sol de l'océan et se hâtait vers nous. Un instant plus tard, les gens s'étaient rassemblés devant le hublot et faisaient force gestes et gesticulations, signe d'une discussion animée. Dans cette foule, il y avait quelques femmes mais la plupart étaient des hommes, et l'un d'eux, figure puissante à grande tête et barbe noire fournie, détenait visiblement l'autorité. Il fit une inspection rapide de notre coquille d'acier et, comme notre base dépassait en partie de l'endroit sur lequel nous étions posés, il put voir qu'il y avait, au fond, une trappe à abattant. Il envoya un messager qui se précipita en nous ordonnant, par des signes énergiques, d'ouvrir la porte de l'intérieur.

« Pourquoi pas ? demandai-je. Nous pouvons aussi bien finir noyés qu'étouffés. J'en ai assez.

— Nous ne serons peut-être pas noyés, dit Maracot. L'eau qui entrera par le bas ne peut monter au-dessus du niveau de l'air comprimé. Donnez un peu de cognac à Scanlan. Il faut qu'il fasse un effort, même si ce doit être l'ultime. »

J'introduisis de force le liquide dans la bouche du mécanicien. Il avala, regarda autour de lui avec des yeux étonnés. Nous finîmes par le redresser sur le canapé en le tenant chacun d'un côté. Il était étourdi mais je lui expliquai la situation en quelques mots.

« Il y a un risque d'empoisonnement au chlore si l'eau atteint les batteries, dit Maracot. Ouvrez tous les tubes d'air, car plus nous aurons de pression, moins l'eau entrera. Aidez-moi à pousser le levier. »

Quand nous pesâmes de tout notre poids et tirâmes d'un coup sec le disque circulaire du fond de notre petite maison, j'eus l'impression de me suicider. L'eau verte, luisant, étincelant sous notre lumière, pénétra en gargouillant. Elle monta à nos pieds, aux genoux, à la taille, puis stoppa. La pression de l'air était intolérable. Nos têtes bourdonnaient, les tympans de nos oreilles allaient éclater. Nous ne pouvions vivre très longtemps dans une telle atmosphère. Il fallait s'accrocher aux porte-bagages pour ne pas retomber dans l'eau.

Depuis notre position haute, nous ne pouvions plus voir à travers les hublots ni imaginer les étapes de notre délivrance. Qu'une aide effective nous parvienne dépassait notre entendement et pourtant, il y avait chez ces gens-là un air d'autorité et de décision, particulièrement chez leur chef à la barbe courtaude, qui éveillait de vagues espoirs. Tout à coup, nous aperçûmes son visage qui nous regardait, dans l'eau, et un instant plus tard, il franchissait l'ouverture circulaire, se hissait jusqu'au canapé et se trouvait à nos côtés, silhouette courte et robuste m'arrivant à l'épaule, nous parcourant de ses grands yeux bruns pleins d'une confiance semi-amusée, comme pour dire : « Pauvres diables ; vous pensiez être sur la mauvaise pente mais je sais comment vous tirer de là. »

C'est alors que je vis une chose étonnante. Cet homme, s'il appartenait vraiment à notre humanité, était entouré d'une enveloppe transparente qui lui recouvrait la tête et le corps, tandis qu'il avait les bras et les jambes libres. L'enveloppe était d'une telle transparence qu'on ne pouvait la détecter dans l'eau, mais maintenant qu'il était à l'air, tout près de nous, elle étincelait comme de l'argent, aussi claire que le verre le plus fin. Sur les épaules, il avait une étrange rondeur saillant sous une gaine protectrice. On eût dit une boîte oblongue criblée de trous, ce qui donnait l'impression qu'il portait des épaulettes.

Quand notre nouvel ami nous eut rejoints, une autre face apparut par l'ouverture du fond, projetant une sorte de grosse bulle de verre à l'intérieur. Il en passa trois à la suite, flottant à la surface de l'eau. Puis six petites boîtes. Notre nouvelle connaissance nous les noua, avec les lanières attenantes, aux épaules, qui furent désormais comme les siennes. Je commençais à présumer qu'il n'y avait aucune infraction aux lois naturelles, dans la vie de ces étranges personnes, et que l'une des boîtes produisait de l'air d'une façon quelconque tandis que l'autre absorbait les produits rejetés. Il nous fit passer les costumes transparents par la tête et nous sentîmes qu'ils nous serraient le haut des bras et la taille par des bandes élastiques afin d'empêcher l'eau de pénétrer. Nous respirions avec aisance, c'était un plaisir de voir Maracot me regarder derrière ses lunettes avec ses yeux vifs habituels tandis que la grimace de Bill Scanlan m'assurait que l'oxygène vital faisait son œuvre et qu'il était de nouveau gai comme avant. Notre sauveur nous regarda à tour de rôle avec une satisfaction grave, puis nous invita à le suivre par la trappe et à parcourir le sol de l'océan. Une dizaine de mains volontaires se tendirent pour nous tirer et soutenir nos premiers pas hésitants qui s'enfonçaient dans une vase limoneuse.

Maintenant encore, j'en suis émerveillé ! Nous étions tous les trois sains et saufs, et à l'aise, dans des abysses sous-marins de sept mille cinq cents mètres de profondeur. Où était la terrible pression qui exacerbait l'imagination de nombreux scientifiques ? Nous n'en étions pas plus affectés que les poissons délicats qui nageaient autour de nous. Il est vrai que, en ce qui concernait le corps, nous étions protégés par ces fines cloches de vitre en réalité plus dures que l'acier le plus solide, mais même nos membres, qui étaient exposés, ne sentaient qu'une constriction de l'eau à laquelle on apprenait, avec le temps, à ne plus faire attention. C'était miraculeux d'être là et de regarder la coque d'où nous étions sortis. Nous avions laissé les batteries en marche, quel objet magnifique, avec ses bandes de lumière jaune jaillissant de part et d'autre tandis que des nuées de poissons se rassemblaient autour des vitres. Alors que nous étions perdus dans notre contemplation, le chef prit Maracot par la main et nous les suivîmes à travers les marécages aquatiques en marchant à pas lourds sur la surface gluante.

Il se produisit un incident surprenant, visiblement aussi étonnant pour nos étranges compagnons que pour nous-mêmes. Au-dessus de nos têtes apparut un petit objet sombre qui descendait en balançant des ténèbres du dessus, jusqu'au fond de l'océan, à faible distance de l'endroit où nous nous trouvions. C'était la ligne sous-marine du *Stratford* effectuant un sondage dans le golfe aquatique auquel devait être associé le nom de l'expédition. Nous l'avions vue sur le chemin de sa descente, et nous comprenions que la tragédie de notre disparition avait suspendu l'opération mais qu'elle avait repris après une pause, sans que nul puisse imaginer qu'elle se terminerait à nos pieds. Ils ne s'étaient apparemment pas rendu compte qu'ils avaient touché le fond, car le plomb gisait, immobile, dans la vase. Au-dessus se trouvait la corde de piano tendue qui nous reliait au pont de notre vaisseau, à sept mille cinq cents mètres d'eau de distance. Oh, si nous pouvions écrire un mot et l'y attacher ! L'idée était absurde, et pourtant, pourquoi ne pas envoyer un message montrant que nous étions toujours conscients ? Les poches de mon manteau, recouvertes par la cloche de verre, étaient inaccessibles mais j'étais libre, sous la taille, et j'avais un mouchoir dans la poche de mon pantalon. Je le sortis, le nouai à l'extrémité de la ligne. Le poids se libéra par un mécanisme automatique et je vis mon morceau de lin blanc s'envoler vers ce monde que je ne reverrais peut-être jamais. Nos nouvelles connaissances examinèrent les soixante-quinze livres de plomb avec grand intérêt et les emportèrent tandis que nous poursuivions notre chemin.

Nous avions parcouru quelques centaines de

mètres, nous frayant un passage entre les monticules, quand nous fîmes halte devant une petite porte carrée entourée, de part et d'autre, de solides colonnes dont le linteau s'ornait d'une inscription. La porte était ouverte, et nous nous trouvâmes, après l'avoir franchie, dans une grande pièce nue. Une cloison coulissante actionnée par une manivelle intérieure se referma derrière nous. Nous n'entendions rien, sous nos casques de verre, mais quelques minutes plus tard, nous eûmes le sentiment qu'une puissante pompe était à l'œuvre car le niveau d'eau baissait rapidement. En moins d'un quart d'heure, nous nous trouvions sur un dallage de pierres inégal tandis que nos nouveaux amis s'activaient à défaire la fermeture de nos costumes transparents. Un instant plus tard, nous respirions un air parfaitement pur dans une atmosphère chaude et claire, les noirs habitants des abysses se pressaient autour de nous, souriants et bavards, nous serraient la main ou nous donnaient des tapes amicales. Ils parlaient une étrange langue rauque dont aucun mot ne nous était intelligible, mais un sourire sur un visage ou une lueur d'amitié dans le regard sont compréhensibles, même dans les eaux dessous la terre. Les costumes de verre furent suspendus à des crochets au mur et ce peuple amical nous conduisit vers une porte intérieure qui s'ouvrit sur un long corridor en pente douce. Quand elle se referma derrière nous, rien ne nous rappelait plus le fait stupéfiant que nous étions les hôtes involontaires d'une race inconnue au fond de l'océan Atlantique, à jamais coupés du monde qui était le nôtre.

Maintenant que la terrible tension s'était relâchée, nous étions épuisés. Même Bill Scanlan, cet Hercule miniature, traînait les pieds, tandis que Maracot et moi n'étions que trop heureux de nous appuyer sur nos guides. Malgré la lassitude, j'enregistrais le moindre détail. L'air était fabriqué par une machine, cela paraissait évident, car il sortait, par bouffées, d'ouvertures circulaires pratiquées dans les murs. La lumière diffuse était une extension du système fluorescent qui, ayant attiré l'attention de nos ingénieurs européens, se trouvait à la base du filament et de l'ampoule. Elle brillait dans de longs cylindres de verre clair suspendus le long des corniches des passages. Mes observations en étaient là quand notre descente fut stoppée, et nous fûmes introduits dans un vaste salon aux tapis épais, meublé de chaises dorées et de sofas inclinés rappelant vaguement les tombes égyptiennes. Tout le monde ayant été congédié, il ne restait que l'homme barbu et ses deux aides. « Manda », répéta-t-il à plusieurs reprises, en se tapant sur la poitrine. Puis il nous désigna chacun à notre tour et répéta les mots Maracot, Headley, Scanlan, jusqu'à ce qu'il les prononce parfaitement. Il nous fit asseoir et dit un mot à l'un de ses aides qui quitta la pièce et revint escorté d'un vieil homme aux cheveux blancs et à la longue barbe, portant une curieuse calotte conique de tissu noir. J'aurais dû dire qu'ils étaient tous vêtus de tuniques colorées qui leur descendaient jusqu'aux genoux et de hautes bottes en écaille ou en peau de chagrin. Le vénérable nouveau venu plaça sa main sur nos fronts, fermant les yeux, comme pour recevoir une impression mentale de notre situation. Apparemment, il n'était guère satisfait, car il secoua la tête et prononça quelques mots graves à l'adresse de Manda. Celui-ci dépêcha à nouveau son aide qui revint avec un plateau d'aliments et une flasque de vin qu'il déposa devant nous. Trop épuisés pour nous demander de quoi il s'agissait, nous fîmes honneur au repas. Puis on nous conduisit dans une autre pièce où trois lits avaient été préparés, et je me jetai sur le mien. Je me souviens vaguement que Bill Scanlan vint s'asseoir à mes côtés.

« Mon vieux, ce coup de cognac m'a sauvé la vie, s'écria-t-il. Mais où sommes-nous ?

— Je n'en sais pas plus que vous.

— Je suis prêt à me mettre au pieu, fit-il d'une voix endormie, se dirigeant vers son lit. Le vin était bon. Dieu merci, la Prohibition n'est pas descendue jusque là. »

Tels furent les derniers mots que j'entendis avant de sombrer dans le sommeil le plus profond dont je me souvienne.

3

En revenant à moi, je n'arrivais pas à imaginer où je me trouvais. Les événements de la veille étaient un cauchemar brouillé, et je ne pouvais croire qu'il fallait les accepter comme des faits. Je regardai avec perplexité la grande pièce nue sans fenêtre aux murs ternes, les rais d'une lumière pourpre vacillante courant le long des corniches, les pièces d'un mobilier dispersé, et les deux autres lits, d'où s'élevait un ronflement strident et aigu que j'avais appris à associer, à bord du *Stratford,* à la personne de Maracot. C'était trop grotesque pour être vrai, et ce fut seulement lorsque je tâtai la couverture de mon lit en observant le tissage du curieux matériau, les fibres séchées de plante aquatique dont il était constitué, que je réalisai l'aventure inconcevable qui s'imposait à nous. Je méditais encore quand une explosion de rire sonore retentit, et Bill Scanlan se redressa dans son lit.

« Salut, vieux ! s'écria-t-il continuant de rire en voyant que j'étais réveillé.

— Vous avez l'air de bonne humeur, répliquai-je avec une certaine irritation. Je ne vois pas ce qu'il y a de drôle.

— En me réveillant, j'ai eu un coup de cafard comme vous, répondit-il. Puis m'est venue une belle idée, c'est ça qui m'a fait rire.

— J'aimerais bien rire aussi, fis-je. Quelle est cette idée ?

— Je me suis dit que ce serait amusant de nous attacher à cette ligne de sonde. Je suppose qu'avec ces trucs en verre on continuerait de respirer sans problème. Le vieux Howie regarderait par-dessus bord et nous verrait remonter. Il s'imaginerait qu'il nous aurait repêchés. Oh là là, quelle histoire ! »

Nos rires conjoints réveillèrent le docteur, qui se redressa dans son lit avec, sur le visage, le même étonnement que le mien. J'oubliai nos problèmes en écoutant avec amusement ses commentaires décousus qui allaient de la joie extatique d'entrevoir un tel champ d'études au chagrin le plus profond à l'idée qu'il n'y avait aucun espoir de transmettre ses résultats à ses *confrères* scientifiques sur la terre ferme. Il finit par revenir à la réalité.

« Il est neuf heures », dit-il en regardant sa montre.

Nous avions tous la même heure mais rien ne permettait d'indiquer si c'était le matin ou le soir.

« Il faut tenir notre calendrier, décréta Maracot. Nous sommes descendus le 3 octobre. Nous sommes arrivés au soir de ce même jour. Combien de temps avons-nous dormi ?

— Mon Dieu, je dirais bien un mois, fit Scanlan, je n'ai pas connu de sommeil aussi profond depuis le jour où Mickey Scott m'a fait K.O. au sixième round. »

Nous nous habillâmes et fîmes notre toilette puisque les commodités de la civilisation se trouvaient à notre disposition. Mais la porte était fermée, il était clair que nous étions prisonniers. En dépit de l'apparente absence de ventilation, l'atmosphère restait agréable, nous découvrîmes que c'était en raison d'un courant d'air provenant de petits trous dans le mur. Il devait y avoir une source de chauffage central car bien qu'aucun poêle ne fût visible, régnait une douce chaleur. Je finis par remarquer un bouton sur un mur et j'appuyai. C'était une sonnette, comme je l'avais deviné, car la porte s'ouvrit instantanément et un petit homme noir vêtu d'une robe jaune apparut dans l'entrebâillement. Ses grands yeux bruns et doux nous lançaient un regard inquisiteur.

« Nous avons faim, dit Maracot, pouvez-vous nous apporter à manger ? »

L'homme secoua la tête en souriant. Il était clair qu'il ne comprenait pas.

Scanlan fit une tentative d'argot américain qui fut accueillie du même sourire vide. Mais quand j'ouvris la bouche et que j'y introduisis un doigt, notre visiteur acquiesça vigoureusement et sortit précipitamment.

Dix minutes plus tard, la porte s'ouvrait et deux aides en jaune apparurent, faisant rouler une petite table devant eux. Au Biltmore Hotel, ce n'eût pas été mieux. Il y avait du café, du lait chaud, des petits pains, un poisson délicieux et du miel. Pendant une demi-heure, nous étions trop occupés pour discuter de notre alimentation et de la manière dont elle devait s'obtenir. Après quelque temps, les deux aides réapparurent, firent rouler le chariot et refermèrent soigneusement la porte.

« Je suis couvert de bleus à force de me pincer, dit Scanlan. C'est un mirage ou quoi ? Hé, doc, c'est vous qui nous avez fait descendre, je suppose que c'est à vous de nous expliquer. »

Le docteur secoua la tête.

« Moi aussi, je me sens dans un rêve mais un rêve

splendide ! Quelle belle histoire nous pourrions raconter si on nous entendait !

— Une chose est claire, dis-je, il y a du vrai dans la légende de l'Atlantide, et une partie de ce peuple a miraculeusement survécu.

— En admettant qu'ils aient survécu, s'écria Bill Scanlan en grattant sa tête ronde comme un boulet, je veux bien être damné si je comprends comment ils ont pu avoir de l'air, de l'eau fraîche et le reste. Peut-être que si l'étrange zouave à barbe que nous avons vu hier soir vient jeter un œil ici, il nous mettra au parfum.

— Comment faire alors que nous n'avons pas de langage commun ?

— Nous utiliserons nos propres observations, suggéra Maracot. Il y a déjà quelque chose. Je l'ai compris au petit déjeuner, avec le miel. C'était du miel synthétique, comme nous savons en faire sur la terre. S'il y a du miel synthétique, pourquoi pas du café ou de la farine ? Les molécules des éléments sont comme des briques, et ce genre de briques existe partout autour de nous. Il suffit d'apprendre à en extraire plusieurs – voire une seule – pour fabriquer une substance nouvelle. Le sucre se transforme en amidon ou en alcool par un simple déplacement de briques. Qu'est-ce qui les fait se déplacer ? La chaleur. L'électricité. D'autres choses, peut-être, que nous ignorons. Certaines se déplacent d'elles-mêmes, le radium se transforme en plomb ou l'uranium en radium sans qu'on y touche.

— Vous croyez qu'ils ont des connaissances avancées dans le domaine de la chimie ?

— J'en suis sûr. Après tout, il n'existe aucune brique élémentaire qui ne soit à leur portée. L'hydrogène et l'oxygène s'obtiennent facilement avec l'eau de mer. Dans les masses de végétation sous-marine, il y a du nitrogène et du carbone, et il y a du phosphore et du calcium dans le dépôt bathyal. Avec une gestion habile et un savoir adéquat, il n'est rien qu'ils ne puissent produire. »

Le docteur s'était lancé dans un cours de chimie quand la porte s'ouvrit pour livrer passage à Manda, qui nous salua amicalement. Le vieux monsieur d'apparence vénérable que nous avions vu la veille au soir l'accompagnait encore. Il devait être savant car il essaya plusieurs phrases dans des langues probablement différentes mais qui nous étaient toutes également inintelligibles. Haussant les épaules, il s'adressa à Manda qui donna un ordre aux deux aides en jaune qui attendaient à la porte. Ceux-ci disparurent et revinrent avec un curieux écran soutenu par deux poteaux. S'il ressemblait à nos écrans de cinéma, il était enduit d'une matière brillante qui étincelait à la lumière. On le plaça contre un mur. Le vieil homme fit quelques pas et traça une marque au sol. Il se tourna vers Maracot, se toucha le front et désigna l'écran.

« Encore un toqué, fit Scanlan. Une araignée au plafond. »

Maracot secoua la tête pour montrer notre perplexité. Le vieil homme l'était tout autant. Une idée lui vint, il désigna sa propre figure. Puis il se tourna vers l'écran, le fixa du regard, et parut se concentrer. En un éclair, un reflet de lui-même apparut sur l'écran. Il nous désigna, et un instant plus tard, notre petit groupe remplaçait son image. Ce n'était pas particulièrement ressemblant. Scanlan avait l'air d'un Chinois bizarre et Maracot, d'un cadavre pourrissant, mais aux yeux de l'opérateur, c'était censé être nous.

« C'est un reflet de la pensée, m'écriai-je.

— Exactement, approuva Maracot. Une invention extraordinaire qui n'est pourtant qu'une combinaison de la télépathie et de la télévision que nous commençons vaguement à appréhender sur la terre.

— Je n'aurais jamais cru vivre assez longtemps pour me voir au cinéma, à supposer que ce Chintok ringard soit vraiment moi, dit Scanlan. Si l'éditeur du *Ledger* apprenait la nouvelle, il cracherait assez d'argent pour que nous vivions tranquilles jusqu'à la fin de nos jours. On aurait de quoi raconter, si on savait comment faire.

— Tel est le problème, dis-je. On aurait de quoi

bouleverser le monde si on avait une chance d'y retourner. Mais il nous fait signe, qu'est-ce qu'il veut ?

— Le vieux veut que vous essayiez à votre tour, doc. »

Maracot prit la place indiquée, et son cerveau fort et clair fabriqua une forme parfaite. Nous vîmes une image de Manda, et une autre du *Stratford* tel que nous l'avions laissé.

Manda et le vieux savant hochèrent la tête en signe d'approbation, à la vue du navire, et Manda balaya l'espace de la main en désignant d'abord nous-mêmes, puis l'écran.

« Tout leur raconter – voilà l'idée, m'exclamai-je. Ils veulent voir en images qui nous sommes et comment nous sommes arrivés. »

Maracot fit un signe de tête à Manda pour montrer qu'il avait saisi et commençait à projeter une image de notre traversée quand Manda leva la main pour l'arrêter. Sur son ordre, les aides ôtèrent l'écran et les deux Atlantes nous firent signe de les suivre.

C'était un bâtiment immense, nous avançâmes de corridor en corridor jusqu'à une grande salle où les sièges étaient disposés en gradins comme dans une salle de conférences. Sur le côté se trouvait un grand écran d'une nature semblable à celui que nous avions vu. Face à lui était réuni un public d'au moins un millier de personnes et un murmure de bienvenue s'éleva à notre entrée. Ils étaient des deux sexes et de tous âges, les hommes, noirs et barbus, les femmes, d'une jeunesse magnifique et d'une vieillesse digne. Nous eûmes peu de temps pour les observer car on nous fit asseoir au premier rang, Maracot fut placé en vis-à-vis de l'écran, les lumières s'éteignirent, et on lui fit signe de commencer.

Il joua son rôle à la perfection. Nous vîmes notre vaisseau quitter les eaux de la Tamise, un bourdonnement d'excitation parcourut les spectateurs, émus à la vision d'une authentique cité moderne. Puis vint une carte montrant son itinéraire. On vit la coque d'acier, et son équipement, qui fut salué d'un murmure de reconnaissance. Nous nous vîmes descendre, parvenir au bord de l'abysse. Puis ce fut l'apparition du monstre qui nous avait perdus. « Marax ! Marax ! » s'écrièrent-ils, au vu de la bête. Il était clair qu'ils avaient appris à le connaître et à le redouter. Il y eut un silence terrifié quand la créature s'affaira sur notre aussière, et un gémissement d'horreur quand les câbles sautèrent, nous précipitant dans l'abîme. Nous n'aurions pas rendu notre triste sort plus clair en un mois d'explications qu'au cours de cette demi-heure de démonstration par l'image.

Quand le public se dispersa, il y eut des gestes de sympathie à notre égard, on nous entoura, on nous tapa dans le dos pour montrer que nous étions les bienvenus. Nous fûmes présentés à certains chefs, mais le pouvoir semblait résider dans la sagesse, car tous paraissaient du même niveau social et ils étaient habillés de la même façon. Les hommes portaient une tunique couleur safran qui leur descendait aux genoux, avec des ceintures et de grandes bottes faites d'écailles rudimentaires d'un animal marin. Les femmes étaient drapées dans un style classique, magnifique, leurs robes flottantes, où se jouait chaque nuance de rose, de bleu, de vert, étaient ornées de grappes de perles ou de couches de coquillages opalescents. Beaucoup étaient d'une beauté surpassant toute comparaison terrestre. Il y en avait une – mais pourquoi mêler mes sentiments personnels à ce récit public ? Disons seulement que Mona est la fille unique d'un des chefs de ce peuple, Manda, et que, du jour de notre rencontre, je lus dans ses yeux sombres un message de sympathie et de compréhension qui m'alla droit au cœur, comme ma gratitude et mon admiration allèrent droit au sien. Je n'ai pas besoin d'en dire plus sur cette dame exquise. Il suffit d'ajouter qu'une influence forte et nouvelle était entrée dans ma vie. Quand je vis Maracot gesticuler avec une animation inhabituelle devant une gentille dame tandis que Scanlan transmettait son admiration en esquissant une pantomime au milieu d'un groupe de jeunes filles rieuses, je me rendis compte que mes compagnons, eux aussi, entrevoyaient le côté positif de notre situation tragique. Si nous étions morts au monde, nous avions trouvé une vie au-delà qui promettait quelques compensations en échange de ce que nous avions perdu.

Plus tard, ce même jour, Manda et d'autres amis nous firent visiter des portions de cet immense bâtiment. Il s'était tellement enfoncé dans le lit de la mer, sous l'accumulation des âges, qu'on ne pouvait y accéder que par le plafond, d'où des passages descendaient, descendaient, jusqu'au niveau du sol, à une centaine de mètres sous la chambre d'entrée. Le sol était également creusé, et d'autres passages menaient dans toutes les directions jusqu'aux entrailles de la terre. On nous montra l'appareil qui fabriquait de l'air, les pompes qui le faisaient circuler dans l'ensemble du bâtiment. Maracot remarqua avec un émerveillement admiratif que, non seulement l'oxygène s'unissait au nitrogène, mais que de petites cornues fournissaient des gaz comme l'argon, le néon, et autres constituants de l'atmosphère peu connus que nous commençons tout juste à comprendre. Les cuves de distillation d'eau douce et les énormes installations électriques étaient également dignes d'intérêt, mais une grande partie de la machinerie était si complexe qu'il nous était difficile de suivre dans le détail. Je peux seulement dire que je l'ai vu de mes yeux et goûté de mes lèvres – les éléments chimiques versés dans diverses machines sous forme liquide et gazeuse, traités par la chaleur, la pression et l'électricité, ressortaient sous forme de farine, de thé, de café ou de vin.

Une considération s'imposa vite à nous, à la suite de l'examen, en diverses occasions, des parties du bâtiment ouvertes à notre inspection. L'exposition à la mer avait été prévue, la protection contre les assauts de l'eau avait été préparée bien avant l'engloutissement de la terre sous les eaux. Il allait de soi, et sans preuve nécessaire, que les précautions n'avaient pu être prises après l'événement, et nous étions témoins que ce grand bâtiment avait été construit, dès l'abord, dans l'idée de former l'arche d'un refuge durable. Les immenses cornues et les cuves dans lesquelles l'air, la nourriture, l'eau distillée et autres produits nécessaires étaient fabriqués, avaient été intégrées dans les murs, faisaient partie de la construction d'origine. De même pour les chambres d'évacuation, les ateliers de silicium où étaient construites les cloches de vitre, et les énormes pompes contrôlant l'eau. Chaque chose avait été préparée avec prévoyance et habileté par ce peuple lointain et merveilleux qui, d'après ce que nous avions appris, avait tendu une main en direction de l'Amérique centrale, une autre en direction de l'Égypte, et laissé ainsi des traces sur cette terre tandis que leur pays s'enfonçait dans l'Atlantique.

Quant à leurs descendants, nous estimâmes qu'ils avaient dû dégénérer, ce qui n'était que trop naturel, et qu'ils avaient, tout au plus, stagné et préservé une part de la science et du savoir de leurs ancêtres, sans avoir l'énergie d'y ajouter quoi que ce soit. Ils possédaient des pouvoirs fantastiques mais nous paraissaient étrangement manquer d'initiative, n'ayant en rien augmenté l'héritage merveilleux dont ils étaient dépositaires. Je suis sûr que Maracot, en utilisant son savoir, obtiendrait vite de meilleurs résultats. Quant à Scanlan, avec son intelligence vive et son habileté mécanique, il ne cessait de donner des détails qui leur semblaient aussi remarquables que leurs pouvoirs à nos yeux. Quand nous avions fait notre descente, il avait un harmonica qu'il adorait, dans la poche de son manteau, et son usage était une joie perpétuelle pour nos compagnons qui l'écoutaient, en groupes transis, comme nous écouterions du Mozart, délivrer les chansons noires nostalgiques de son pays natal.

J'ai dit que le bâtiment ne nous était pas ouvert dans sa totalité, il me faut ajouter certains détails à ce sujet. Il y avait un corridor en pente où des gens ne cessaient de passer mais que nos guides évitaient, au cours de nos excursions. Notre curiosité étant éveillée, comme il était naturel, nous décidâmes de tenter notre chance, un soir, et d'effectuer notre propre exploration. Nous glissant hors de notre chambre, nous prîmes le chemin de ce quartier inconnu à une heure où il y avait peu de monde.

Le passage nous mena à une grande porte voûtée, apparemment en or pur. L'ouvrant, nous nous trouvâmes dans une pièce immense formant un carré d'une soixantaine de mètres. Tout autour, les murs étaient peints de couleurs vives, ornés de tableaux extraordinaires et de statues de créatures grotesques dotées d'énormes coiffes semblables à celles de nos Indiens d'Amérique. À l'extrémité de ce hall immense trônait une gigantesque figure assise, jambes croisées, comme un Bouddha, mais sans l'aspect bienveillant des traits placides du Bouddha. C'était au contraire une créature de colère, à la bouche ouverte, à l'œil féroce ; un œil rouge dont l'effet était amplifié par deux lumières électriques qui perçaient à travers. Sur ses genoux se trouvait un grand four qui, vîmes-nous en approchant, était plein de cendres.

« Moloch ! dit Maracot. Moloch ou Baal – le vieux dieu des races phéniciennes.

— Grands dieux ! m'écriai-je, me souvenant de l'ancienne Carthage. Ne me dites pas que ce doux peuple pratique les sacrifices humains.

— Regardez, vieux, ajouta Scanlan avec anxiété. J'espère qu'ils font ça en famille. On n'aurait pas envie qu'ils nous en fassent profiter.

— Non, je pense qu'ils ont compris la leçon, dis-je. Le malheur apprend aux peuples la compassion.

— C'est juste, remarqua Maracot en remuant les cendres, c'est un vieux dieu héréditaire dont le culte a dû s'adoucir. Ce sont des bûches consumées, des choses de ce genre. Mais il y eut un temps... »

Nos spéculations furent interrompues par une voix austère qui s'éleva à nos côtés, et nous vîmes des hommes en tenue jaune portant de grands chapeaux qui n'étaient autres que les prêtres du temple. À en juger par leur expression, nous allions être les dernières victimes de Baal, l'un d'eux avait déjà tiré un couteau de sa ceinture. Avec des gestes et des cris féroces, ils nous poussèrent violemment hors de leur temple sacré.

« Eh là, s'écria Scanlan. Je vais cogner sur ce type s'il continue à me bousculer. Attention, va-nu-pieds, bas les pattes. »

Un moment, je craignis de passer « un mauvais quart d'heure », pour reprendre les termes de Scanlan, dans l'enceinte sacrée. Mais nous pûmes entraîner le mécanicien furieux sans échange de coups et regagner l'abri de notre chambre, cependant nous comprîmes, à l'attitude de Manda et de nos autres amis, que notre escapade était connue et qu'ils nous en voulaient.

Un autre lieu saint était librement exposé à nos yeux, ce qui eut pour conséquence inattendue de nous permettre de trouver une méthode de communication imparfaite et lente avec nos compagnons. Il y avait une pièce, dans la partie inférieure du temple, sans décoration ni signe distinctif, où se dressait, à une extrémité, une statue d'ivoire jaunie par le temps représentant une femme qui tenait une lance, une chouette perchée sur son épaule. C'était un vieil homme qui gardait cette pièce et qui, malgré son âge, appartenait visiblement à une autre race, plus raffinée et plus grande que les hommes du temple. Tandis que Maracot et moi contemplions la statue d'ivoire en nous demandant tous deux où nous avions vu une chose semblable, le vieil homme s'adressa à nous.

« *Thea,* dit-il en désignant la figure.

— Mon Dieu ! m'écriai-je. Il parle grec.

— Thea ! Athena ! » répéta l'homme.

Il n'y avait aucun doute. « Déesse-Athéna », tels étaient ses mots. Maracot, dont l'intelligence merveilleuse avait absorbé une partie de chaque branche du savoir humain, se mit aussitôt à poser des questions dans un grec classique qui ne fut que partiellement compris et auquel le vieil homme répondit dans un dialecte si archaïque qu'il était presque incompréhensible. Mais il obtint quelques informations, ayant désormais trouvé un intermédiaire grâce auquel il pouvait vaguement communiquer avec nos compagnons.

« Voici une remarquable preuve de la véracité de la légende, énonça Maracot, ce soir-là, de sa voix aiguë et hennissante, du ton de celui qui s'adresse à une classe nombreuse. Il y a toujours une base réelle, même si elle est déformée par les ans. Vous savez – ou vous ne savez pas (“On parie !” s'exclama Scanlan) – qu'il y eut une guerre entre les Grecs primitifs et les Atlantes, à l'époque de la destruction de la grande île. Solon rapporte ce fait dans sa relation de ce qu'il apprit des prêtres de Sais. Nous pouvons supposer qu'à l'époque, il y eut des prisonniers grecs aux mains des Atlantes, dont certains étaient au service du temple, et qu'ils ont conservé leur religion. Cet homme est le vieux prêtre héréditaire du culte, d'après ce que j'ai compris, et peut-être que si nous en savons plus, nous aurons accès à ce peuple ancien.

— Je salue leur bon sens, dit Scanlan. Je pense que si vous tenez à avoir un dieu de plâtre, mieux vaut une belle femme que cet énergumène aux yeux rouges avec une soute à charbon sur les genoux.

— Heureusement qu'ils ne vous comprennent pas, observai-je. Autrement, vous pourriez finir en martyr chrétien.

— Pas tant que je leur jouerai du jazz, répondit-il. Je suppose qu'ils sont habitués et qu'ils ne peuvent plus se passer de moi. »

Ils étaient gais, nous menions une vie heureuse,

mais à certains moments, notre cœur allait, et va encore, vers les terres natales perdues, et la vision des bons vieux carrés de l'université d'Oxford, des ormes anciens, du campus familier de Harvard, se formait devant mes yeux. En ces temps-là, ils me paraissaient aussi lointains qu'un paysage lunaire, et c'est seulement maintenant que se lève dans mon âme l'espoir incertain de les revoir un jour.

4

Quelques jours après notre arrivée, nos hôtes ou nos geôliers – nous hésitions parfois entre ces deux appellations – nous emmenèrent en expédition dans les fonds de l'océan. Ils étaient six, y compris Manda, le chef. Nous nous rassemblâmes dans la chambre d'évacuation où nous avions été reçus à l'origine, que nous étions maintenant en situation d'étudier avec un peu plus d'attention. C'était un vaste lieu d'au moins trente mètres de côté, dont les bas murs et le plafond étaient verts et comportaient des excroissances bleu marine couvertes de moisissure. Une longue rangée de patères portant des marques que je présumai être des chiffres parcourait l'ensemble de la pièce, sur chacune d'elles étaient suspendues une cloche de vitre semi-transparente et une paire de batteries d'épaule assurant la respiration. Le sol était fait de dalles usées, devenues concaves sous les pas de nombreuses générations, avec des creux formant de petites mares. L'ensemble était éclairé par des tubes de fluor autour de la corniche. Nous avions enfilé nos enveloppes de vitre et chacun d'entre nous reçut une solide perche pointue en métal léger. Par des signaux, Manda nous ordonna d'agripper la rampe qui courait le long de la pièce, ses amis et lui-même montrant l'exemple. La raison en devint vite évidente, car lorsque la porte extérieure s'ouvrit, l'eau de mer entra avec une telle force que, sans cette précaution, nous aurions été balayés. L'eau montait au-dessus de nos têtes mais la pression se relâcha. Manda nous conduisit vers la porte, l'instant d'après, nous étions une fois de plus sur le sol de l'océan, le portail ouvert, derrière nous, pour le retour.

Jetant un regard circulaire sous la lumière dansante, spectrale et froide, qui illumine la plaine bathyale, nous parvenions à voir dans un rayon d'au moins quatre cents mètres. Ce qui nous émerveillait, c'était une radiation brillante à l'extrême limite de la zone visible. Notre chef orienta ses pas dans cette direction, notre groupe marchant en file indienne derrière lui. L'avancée était lente, à cause de la résistance de l'eau, à chaque pas, nos pieds s'enfonçaient profondément dans une gadoue molle ; mais nous fûmes bientôt en mesure de voir avec netteté la balise qui nous avait attirés. C'était notre coque, dernier souvenir de notre vie terrestre, posée sur l'une des coupoles du vaste bâtiment, toutes lumières dehors. Si l'eau l'emplissait aux trois quarts, l'air qui y était emprisonné avait préservé la partie où se trouvait notre équipement électrique. Il était étrange de voir cet intérieur familier, les canapés et les instruments en place, même si des poissons de bonne taille y nageaient comme le menu fretin dans une bouteille. Les membres de notre groupe pénétrèrent l'un après l'autre par le battant ouvert, Maracot, pour sauver un livre de notes qui flottait à la surface, Scanlan et moi pour prendre des effets personnels. Manda nous accompagna avec un ou deux camarades, étudiant avec la plus grande attention le bathymètre et le thermomètre ainsi que les autres instruments fixés au mur. Les savants pourraient être intéressés par le fait qu'à la profondeur maritime la plus grande à laquelle l'homme soit jamais descendu, la température est de 4,5 degrés et qu'elle est plus élevée que celle des couches supérieures de la mer en raison de la décomposition chimique de la vase.

Notre petite expédition avait, semble-t-il, un objet précis, en dehors de celui de nous faire faire un peu d'exercice sur le sol de l'océan. Nous allions chercher notre nourriture. De temps en temps, je voyais nos camarades frapper le sol de leur bâton pointu, empalant un gros poisson brun, semblable à un turbot, qui existait en grand nombre mais qui se fondait si bien dans la vase que seul un œil exercé pouvait le déceler. Bientôt, chaque petit homme en eut deux ou trois pendillant à son côté. Scanlan et moi comprîmes vite et en attrapâmes deux chacun, mais Maracot marchait comme dans un rêve, éperdu d'émerveillement devant les beautés de l'océan qui l'entouraient, faisant de longs discours animés que nos oreilles n'entendaient pas mais que nos yeux devinaient à la contorsion de ses traits.

Si notre première impression avait été la monotonie, nous découvrîmes bientôt que le gris des plaines était parcouru de formations diverses, sous l'effet de courants sous-marins qui les traversaient comme des rivières. Ces rivières dessinaient des chenaux, dans la vase molle, découvrant les lits qui se trouvaient dessous. Le sol de leurs rives se composait d'argile rouge, qui formait la base des fonds de l'océan, mais était jonché d'objets blancs que j'imaginais être des coquillages et qui se révélèrent être, après examen, des os d'oreilles de baleines et des dents de requins ou autres monstres marins. Je ramassai l'une de ces dents qui faisait une quarantaine de centimètres de long, et nous ne pûmes qu'éprouver de la gratitude à l'idée qu'un monstre aussi effrayant fréquente des couches océaniques plus élevées. D'après Maracot, elle appartenait à un dauphin tueur géant ou à un gladiateur d'Orca. Cela faisait penser à l'observation de Mitchell Hedges selon laquelle même les requins les plus terribles qu'il avait attrapés portaient sur le corps des marques prouvant qu'ils avaient rencontré des créatures encore plus grosses et plus terribles.

Il est une particularité des profondeurs océanes qui frappe l'observateur. Comme je l'ai dit, il existe une lumière froide constante provenant de la lente décomposition phosphorescente des grandes masses de matière organique. Au-dessus, c'est la nuit d'encre. L'effet d'un jour d'hiver, d'un lourd nuage d'orage qui pèse au-dessus de la terre. De la voûte noire tombe une douce tempête de minuscules flocons blancs luisant sur ce fond sombre. Ce sont des coquilles d'escargots de mer et autres petites créatures qui vivent et meurent dans les huit mille mètres d'eau qui nous séparent de la surface, et même si beaucoup se sont dissous dans leur chute, s'ajoutant aux sels de la vase océanique, le reste, au cours des temps, a formé le dépôt qui ensevelit la partie supérieure de la grande ville où nous nous trouvions maintenant.

Laissant notre dernier lien avec la terre, nous pénétrâmes dans les ténèbres du monde sous-marin et tombâmes bientôt sur une nouveauté totale. Une étendue mouvante surgit, qui se divisa, à notre approche, en une foule d'hommes, chacun enveloppé de sa vitre, traînant de gros chariots chargés de charbon. C'était un rude travail, les pauvres diables ployaient sous l'effort, tirant sur des cordes en peau de requin qui servaient d'attelage. Dans chaque groupe, un seul membre semblait détenir l'autorité, et il était intéressant de voir que les chefs et les travailleurs étaient de race différente. Ces derniers étaient grands, blonds, aux yeux bleus, dotés d'un corps puissant. Les autres, décrits auparavant, avaient la peau noire, presque négroïde, une charpente large et trapue. Ce n'était guère le moment d'enquêter sur ce mystère, mais l'idée s'imprima dans mon esprit que l'une des races était l'esclave héréditaire de l'autre, et Maracot fut d'avis qu'ils devaient être les descendants des prisonniers grecs dont nous avions vu la déesse dans le temple.

Nous rencontrâmes plusieurs troupes tirant leur chargement de charbon avant de parvenir à la mine. À cet endroit, les dépôts sous-marins et les formations sablonneuses qui se trouvaient en dessous avaient été entaillés, découvrant une grande fosse composée de couches alternées de charbon et d'argile représentant les strates du vieux monde péri depuis longtemps qui gisait au fond de l'Atlantique. À différents niveaux de ces immenses excavations, des groupes d'hommes travaillaient à extraire le charbon tandis que d'autres regroupaient des chargements qu'ils plaçaient dans des paniers au moyen desquels on les hissait au niveau supérieur. La mine se déployait sur une si vaste échelle que nous n'étions pas en mesure de voir l'autre côté de l'énorme puits que de nombreuses générations d'ouvriers avaient creusé dans le sol de l'océan. Transformé en force électrique, il devenait source de la puissance motrice par laquelle toute la machinerie de l'Atlantide était mue. À propos, il est intéressant de noter que le nom de l'ancienne cité a été correctement retransmis dans les légendes, car quand nous l'avons mentionné à Manda et aux autres, ils ont eu l'air surpris que nous le connaissions, puis ont acquiescé vigoureusement pour montrer qu'ils comprenaient.

Dépassant le grand puits à charbon – ou plutôt, le contournant sur sa droite – nous parvînmes à une rangée de basses falaises de basalte à la surface luisante et claire comme au jour où elles furent projetées des entrailles de la terre, dont le sommet, à quelques centaines de mètres au-dessus de nous, se détachait sur un fond sombre. La base de ces falaises volcaniques était drapée d'une profonde jungle d'algues hautes jaillissant de masses entremêlées de coraux crinoïdes déposés à l'époque des jours terrestres anciens. Nous longeâmes la bordure de ce sous-bois épais, nos compagnons battaient de leurs perches, faisant sortir, à notre grand amusement, un extraordinaire assortiment de poissons et de crustacés étranges, réservant de temps à autre un spécimen pour leur table. Nous poursuivîmes cette heureuse promenade sur un ou deux kilomètres, jusqu'à ce que Manda s'arrête soudain et regarde autour de lui, faisant des gestes inquiets et surpris. Ces gestes sous-marins constituaient un langage en soi, en un éclair, ses compagnons comprirent la raison de son trouble, et nous comprîmes aussi, avec un choc. Le Dr Maracot avait disparu.

Il était avec nous au puits de charbon, il était arrivé jusqu'aux falaises de basalte. Et comme il ne pouvait nous avoir dépassés, il devait se trouver quelque part dans la jungle derrière nous. Nos amis étaient perturbés, mais Scanlan et moi, qui connaissions un peu les excentricités et les distractions de notre homme, étions sûrs qu'il n'y avait aucune raison de s'inquiéter et que nous le retrouverions bientôt, attardé auprès d'une forme marine qui l'aurait attiré. Nous revînmes sur nos pas, à peine avions-nous fait une centaine de mètres que nous l'apercevions déjà.

Mais il courait – il courait avec une agilité que j'aurais crue impossible chez un tel homme. Pourtant, même l'homme le moins athlétique peut courir lorsque la peur le guide. Ses mains étaient tendues en signe de supplication, il trébuchait, avançant avec une énergie maladroite. Il avait de bonnes raisons de se dépenser car trois horribles créatures étaient sur ses talons. C'étaient des crabes tigrés à rayures noires et blanches, chacun de la taille d'un terre-neuve. Heureusement, ils ne se déplaçaient pas trop vite et traversaient la mollesse des bas-fonds maritimes en traçant une curieuse oblique, à peine plus rapides que notre fugitif terrifié.

Mais le vent leur était plus favorable, et ils auraient probablement refermé leurs horribles pinces sur lui si nos amis n'étaient intervenus. Ils se précipitèrent avec leurs piques, Manda braqua la puissante lanterne électrique qu'il portait à la ceinture sur la face de ces monstres répugnants, qui se dispersèrent dans la jungle et disparurent hors de vue. Notre camarade s'assit sur un tas de corail et son visage montra que l'aventure l'avait épuisé. Il nous raconta qu'il avait pénétré la jungle dans l'espoir de se procurer ce qui lui semblait être un spécimen rare de *Chimoera* sous-marine, et qu'il avait fait irruption dans un nid de crabes tigrés féroces qui s'étaient immédiatement lancés à sa poursuite. Ce n'est qu'après un long repos qu'il fut capable de reprendre la traversée.

L'étape suivante, après le contournement des falaises de basalte, nous conduisit à notre but. À cet endroit, la plaine grise qui s'étendait devant nous se couvrait de monticules irréguliers et d'épaisses projections nous indiquant que la grande cité antique gisait là. Elle eût été à jamais ensevelie sous la vase, comme Herculanum sous la lave ou Pompéi sous les cendres, si les survivants du temple n'avaient creusé une entrée. Cette entrée formait une longue entaille en pente qui se terminait par une large rue dont les bâtiments se découvraient de part et d'autre. Les murs étaient parfois craquelés, brisés, car ils n'étaient pas de ce matériau solide qui avait préservé le temple, mais dans la plupart des cas, l'intérieur était tel qu'au moment de la catastrophe, mis à part les effets de la mer, étonnants et beaux dans certains cas, terrifiants dans d'autres, qui en avaient modifié l'aspect. Nos guides ne nous encouragèrent guère à examiner les premières pièces mais nous conduisirent précipitamment à ce qui constituait visiblement la grande citadelle, le palais central autour duquel la ville s'était construite. Les piliers et les colonnes, les vastes frises et les corniches sculptées, les escaliers surpassaient tout ce que j'avais pu voir sur la terre. Le plus approchant étant sans doute les restes du temple de Karnak, à Louxor, en Égypte, et, curieusement, les décorations et les gravures à demi effacées ressemblaient, dans le détail, à celles des grandes ruines du Nil, les chapitaux des colonnes en feuille de lotus étaient les mêmes. Quelle étonnante expérience de marcher sur les mosaïques de marbre de ces vastes salles, avec de grandes statues dominant de part et d'autre, et de voir, comme nous le vîmes, d'immenses anguilles argentées glisser au-dessus de nous, et des poissons effrayés filer de toutes parts pour échapper à la lumière que nous projetions. Nous allions de pièce en pièce, observant les signes du luxe, voire de cette folie lascive dont on dit, dans la légende qui nous est parvenue, qu'elle attira sur ce peuple la malédiction de Dieu. Il y avait une petite pièce merveilleusement émaillée de nacre qui, maintenant encore, brillait de reflets opalescents à la lumière. Dans un coin se trouvaient une plate-forme ornée de métal jaune et un divan similaire, on avait le sentiment que c'était la chambre à coucher d'une reine, mais près de la couche gisait un calamar noir repoussant dont le corps fétide s'élevait et retombait en un rythme lent, furtif, et qui ressemblait à un méchant cœur battant au centre d'un méchant palais. Je fus content, ainsi que mes compagnons, appris-je, que nos guides nous fassent sortir pour admirer, un instant, un amphithéâtre en ruine, puis un quai avec un phare à l'extrémité, signe que cette cité était aussi un port. Nous émergeâmes enfin de ces lieux de mauvais présages pour retrouver notre plaine familière.

Nos aventures n'étaient pas tout à fait terminées, car il en survint une autre, aussi inquiétante pour nos compagnons que pour nous. Nous étions presque arrivés quand l'un de nos guides désigna quelque chose avec inquiétude. Regardant vers le haut, nous fûmes témoins d'un spectacle extraordinaire. Des ténèbres des eaux noires émergeait une figure sombre et immense à la chute rapide. À première vue, c'était une masse informe, mais quand elle apparut à la lumière, nous vîmes que c'était le corps mort d'un poisson monstrueux qui avait éclaté, dont les entrailles s'échappaient à mesure qu'il tombait. Les gaz avaient dû le maintenir dans les couches supérieures de l'océan jusqu'à ce que, libéré par la putréfaction ou les ravages des requins, il ne reste qu'un poids mort descendant à toute allure au fond de l'océan. Nous avions déjà plusieurs fois observé, au cours de notre promenade, de grands squelettes nettoyés par les poissons, mais cette créature, mis à part l'éviscération, était telle que de son vivant. Nos guides nous rattrapèrent avec l'intention de nous écarter du trajet de sa chute mais furent bientôt rassurés et restèrent sur place lorsqu'il devint évident que la masse ne se dirigeait pas vers nous. Nos casques de vitre nous empêchèrent d'entendre le choc, qui dut être prodigieux, quand l'immense corps heurta le sol de l'océan, nous vîmes le limon de globigerine remonter comme des éclaboussures de boue après la chute d'une lourde pierre. C'était un cachalot long d'une vingtaine de mètres, et, d'après les gestes joyeux et animés du peuple sous-marin, je compris qu'ils trouveraient le moyen d'en utiliser le blanc et la graisse. Nous laissâmes la créature échouée et, le cœur léger – car, en visiteurs non habitués, nous étions courbaturés et las – nous nous retrouvâmes une fois de plus devant le portail gravé du toit, puis, sains et saufs, dévêtus de nos cloches de vitre, sur le sol pentu de la pièce d'entrée.

Quelques jours après le spectacle cinématographique des opérations que nous avions offert à la communauté – si nos calculs étaient exacts – nous assistâmes à une séance beaucoup plus auguste et solennelle du même genre, qui nous présenta d'une manière merveilleusement claire l'histoire passée de ce peuple remarquable. Je ne puis me flatter qu'elle ait été donnée seulement en notre honneur, je crois plutôt que ces événements étaient représentés de temps en temps en public pour en transmettre la mémoire, et que la partie à laquelle nous fûmes admis formait l'intermède d'une longue cérémonie religieuse. Quoi qu'il en soit, je vais en décrire le déroulement avec exactitude.

Nous fûmes conduits à la grande salle, ou théâtre, où le Dr Maracot avait projeté nos aventures. Toute la communauté était rassemblée, on nous donna des places d'honneur, comme précédemment, devant le grand écran lumineux. Après un long chant qui ressemblait à un hymne patriotique, un vieil homme à la chevelure blanche, historien ou chroniqueur de la nation, avança sous les applaudissements jusqu'au lieu de la mise au point et projeta sur la surface qui était devant lui une série d'images représentant l'ascension et la chute de son peuple. J'aimerais pouvoir vous transmettre toute la vitalité de ce drame. Mes deux compagnons et moi-même perdîmes tout sens de l'espace et du temps, tant nous étions absorbés dans cette contemplation, tandis que le public, bouleversé jusqu'au fond du cœur, gémissait et pleurait à mesure que se déroulait la tragédie qui décrivait la ruine de leur patrie, la destruction de leur race.

Dans la première série de scènes, nous vîmes le vieux continent dans toute sa gloire, tel que le souvenir en avait été confié par les récits historiques de père en fils. Nous eûmes une vue d'ensemble d'un magnifique pays vallonné aux dimensions immenses, plein de ressources naturelles, intelligemment irrigué, avec de grands champs de céréales, des vergers ondoyants, des rivières charmantes et des collines boisées, des lacs paisibles et des montagnes pittoresques. Parsemé de villages, couvert de fermes et de belles résidences privées. Notre attention fut ensuite attirée sur la capitale, cité merveilleuse et splendide du rivage maritime au port rempli de galères, aux quais bondés de marchandises, dont la sécurité était assurée par de hauts murs, des remparts dominants et des douves circulaires, le tout à échelle gigantesque. Les maisons s'étiraient sur des kilomètres à l'intérieur des terres, au centre de la cité se trouvait un château crénelé, une citadelle, si impressionnante et si vaste qu'elle semblait surgie d'un rêve. Puis on nous montra les visages de ceux qui vivaient au temps de cet âge d'or, des vieillards vénérables et sages, des guerriers virils, de saints prêtres, des femmes belles et dignes, de charmants enfants, l'apothéose de la race humaine.

Apparurent des images d'un autre genre. Nous vîmes des guerres, des guerres incessantes, sur la terre, sur la mer. Nous vîmes des races nues et sans défenses piétinées, écrasées par de grands chars ou par l'assaut de cavaliers en armure. Nous vîmes les trésors amassés par les vainqueurs, mais à mesure que les richesses augmentaient, les visages à l'écran devenaient bestiaux et cruels. Ils tombèrent, tombèrent, de génération en génération. On nous montra les signes d'une dissipation lascive, d'une dégénérescence morale, l'accroissement de la matière et le déclin de l'esprit. Les sports brutaux avaient pris la place des anciens exercices virils. Il n'y avait plus ni vie familiale simple et tranquille ni culture de l'esprit, nous avions la vision d'un peuple superficiel, agité, en quête d'une chose puis d'une autre, voulant saisir le plaisir sans savoir le garder, imaginant pouvoir le trouver sous une forme toujours plus complexe, toujours moins naturelle. Apparurent, d'un côté une classe riche ne cherchant que la gratification sensuelle, et de l'autre, un résidu pauvre dont l'unique fonction était de servir les besoins des maîtres, si mauvais fussent-ils.

La scène changea de nouveau. Des réformateurs à l'œuvre tentaient de détourner la nation de ses mauvaises habitudes et de la diriger vers les voies nobles qu'elle avait abandonnées. Nous les vîmes, ces hommes graves et sérieux, raisonner et plaider, mais nous les vîmes méprisés et raillés par ceux qu'ils tentaient de sauver. C'étaient surtout les prêtres de Baal, ceux qui avaient permis que, peu à peu, des formes, des spectacles et des cérémonies superficielles, prennent la place d'événements spirituels et généreux, qui conduisaient l'opposition aux réformateurs. Mais ces derniers ne se laissaient ni intimider ni brutaliser. Ils continuaient d'essayer de sauver leur peuple et leur visage devenait plus grave, inspirait la terreur, comme s'ils avaient un avertissement terrible à donner sous la forme de la terrifiante vision qui se dessinait dans leur esprit. Parmi leurs auditeurs, certains semblaient attentifs, horrifiés par ces mots, mais d'autres se détournaient en riant et plongeaient plus profond dans le marécage des péchés. Puis vint le temps où les réformateurs se détournèrent, ne pouvant faire davantage, laissant ce peuple dégénéré à son destin.

Nous vîmes un spectacle étrange. Un réformateur d'une force de corps et d'esprit singulière prenait le pas sur les autres. Il possédait une richesse, une influence, et des pouvoirs qui ne semblaient pas entièrement de ce monde. Nous le vîmes, dans ce qui paraissait une extase, en communion avec des esprits supérieurs. C'est lui qui mit à contribution toute la science de son pays – une science qui surpassait de loin tout ce que nous autres modernes pouvons connaître – pour construire une arche qui serve de refuge contre les troubles à venir. Nous vîmes des myriades d'ouvriers au travail, les murs s'élevaient tandis que des foules de citoyens insouciants regardaient, se moquaient de ces précautions sophistiquées et inutiles. D'autres semblaient le raisonner, lui dire que, s'il avait peur, il ferait mieux de partir dans un pays plus sûr. Sa réponse, autant que nous ayons pu la suivre, était que certains devaient être sauvés au dernier moment et qu'il devait rester, pour leur salut, dans le temple nouveau de la sécurité. En attendant, il réunissait ceux qui le suivaient et les gardait à l'intérieur car lui-même ignorait le jour et l'heure, bien que des forces au-delà des simples mortels l'aient assuré que l'heure viendrait. Quand l'arche fut prête, que les portes étanches furent achevées et mises à l'épreuve, il attendit le destin avec sa famille, ses amis, ses disciples et ses domestiques.

Le destin se manifesta. C'était terrible en images. Dieu sait ce qu'il en fut dans la réalité. Nous vîmes une immense montagne d'eau surgir d'un océan calme, s'élever à une hauteur incroyable. Nous la vîmes avancer, avancer, kilomètre après kilomètre, comme une colline luisante montée d'écume, à vitesse croissante. Des éclats minuscules, ballottés sur les bords neigeux du sommet, se transformèrent, à mesure que la vague roulait vers nous, en galères brisées. Nous vîmes la vague atteindre le rivage, balayer la ville, tandis que les maisons se couchaient comme un champ de blé sous la tornade. Nous vîmes les gens, sur les toits des maisons, fixer la mort qui approchait, le visage déformé par l'horreur, les yeux vides, la bouche tordue, se mordant les mains, délirant de terreur. Les hommes et les femmes qui s'étaient moqués de l'avertissement hurlaient à présent vers le ciel, implorant la pitié, agenouillés, face contre terre, tendant frénétiquement les bras en un appel dément. Même s'ils n'avaient plus le temps d'arriver à l'arche qui se trouvait au-delà de la cité, des milliers se précipitaient vers la citadelle qui se dressait sur un terrain plus élevé, les remparts étaient noirs de monde. Soudain, le château commença à sombrer. Tout se mit à sombrer. L'eau s'était déversée jusque dans les lieux les plus reculés de la terre, les feux centraux l'avaient dilatée, transformée en vapeur, les fondations de la terre avaient éclaté. La cité s'enfonçait, s'enfonçait, un cri s'éleva parmi nous et parmi le public devant ce spectacle terrible. La digue cassa, disparut. Le grand phare s'effondra sous l'assaut des vagues. Les toits, tels une succession de récifs rocheux formant des lignes de brisants, disparurent à leur tour. Il ne restait plus que la citadelle, en surface, monstrueux navire, puis elle pencha, pour tomber dans les abysses, une rangée de mains s'agitant désespérément à son sommet. Le terrible drame avait pris fin, une mer lisse s'étendait sur tout le continent, une mer sans vie laissant entrevoir, dans d'immenses tourbillons, dans des remous fumants, les ruines de cette tragédie ballottées en tous sens, des hommes et des animaux morts, des chaises, des tables, des vêtements, des chapeaux flottants et des ballots de marchandises, s'élevant, retombant dans un ferment liquide immense. Nous les vîmes disparaître avec lenteur, puis une grande étendue unie, brillante comme le vif-argent, un soleil terne et bas, à l'horizon, nous montrèrent le tombeau de cette terre que Dieu avait accablée parce qu'elle le mécontentait.

L'histoire était achevée. Nous n'avions plus rien à demander, notre esprit et notre imagination complétaient. Nous comprîmes la lente, l'impitoyable chute de cette terre, de plus en plus bas, dans les abysses de l'océan, au milieu des convulsions volcaniques projetées par les pics sous-marins alentour. Nous la vîmes, de notre œil intérieur, s'étendre sur les kilomètres de ce qui formait maintenant le sol de l'Atlantique, cité ruinée gisant près de l'arche du refuge où s'étaient rassemblés une poignée de survivants aux nerfs ébranlés. Nous comprîmes enfin comment ils avaient continué de vivre, utilisant les moyens dont la prévoyance et la science de leur grand chef les avaient dotés, il leur avait enseigné tous les arts avant de disparaître, et la cinquantaine ou soixantaine de survivants était devenue une grande communauté qui devait creuser son chemin dans les entrailles de la terre pour se développer. Aucune bibliothèque n'aurait pu nous donner des informations aussi claires que cette série d'images et les conclusions que nous pouvions en tirer. Tel était le destin, telles étaient les raisons du destin qui avait englouti la grande terre de l'Atlantide. Un jour lointain, quand le limon bathyal se transformerait en craie, la grande cité serait expulsée par une nouvelle expiration de la nature, et les géologues des temps futurs, fouillant dans la carrière, exhumeraient, non des ardoises ou des coquillages, mais les restes d'une civilisation disparue, les traces d'une catastrophe ancienne.

Un point demeurait obscur : combien de temps s'était-il écoulé depuis la tragédie ? Le Dr Maracot découvrit une méthode d'estimation rudimentaire. Parmi les nombreuses annexes du grand bâtiment se trouvait une immense voûte qui était le lieu d'ensevelissement des chefs. Comme en Égypte ou dans le Yucatan, la pratique de la momification était courante, et dans les niches des murs se trouvaient les infinies rangées des sinistres reliques du passé. Manda désigna fièrement la suivante en nous faisant comprendre qu'elle lui était destinée.

« Si on prend la moyenne des rois européens, dit Maracot à sa manière professorale, on découvre qu'il en règne environ cinq par siècles. Nous adopterons ici le même chiffre. Sans espérer atteindre une précision scientifique, nous pouvons obtenir une approximation. J'ai compté les momies, il y en a quatre cents.

— Ce qui donnerait huit mille ans ?

— Exactement. Voilà qui s'accorde avec l'estimation de Platon, jusqu'à un certain point. L'événement s'est certainement produit avant les débuts de l'écriture en Égypte, qui remontent à six ou sept mille ans. Oui, je pense que nous pouvons dire que nos yeux ont assisté à la reproduction d'une tragédie qui s'est déroulée il y a au moins huit mille ans. Mais pour construire cette civilisation dont nous voyons les traces, il a fallu des millénaires. Ainsi, conclut-il – et je vous transmets sa déclaration – avons-nous élargi l'horizon de l'histoire avérée de l'humanité comme aucun homme depuis ses débuts. »

5

Ce fut environ un mois après notre visite à la cité engloutie, selon nos calculs, que se produisit la chose la plus étonnante, la plus inattendue. Avec le temps, nous pensions être vaccinés contre les chocs, rien ne pouvait plus nous étonner, mais ce fait nouveau allait bien au-delà de ce à quoi notre imagination nous avait préparés.

Ce fut Scanlan qui apporta la nouvelle qu'un événement important venait de se produire. Il faut que vous sachiez qu'à l'époque, nous étions, d'une certaine façon, chez nous, dans le grand bâtiment ; nous savions où se situaient les salles de repos et de récréation ; nous assistions à des concerts (une musique étrange, sophistiquée) et à des divertissements théâtraux dont les mots inintelligibles nous étaient traduits par des gestes dramatiques et vifs ; de manière générale, nous faisions partie de la communauté. Nous rendions visite à certaines familles dans leurs appartements privés, et notre vie – mais je ne puis parler que de la mienne – s'illuminait du rayonnement de ces étranges personnes, notamment d'une chère demoiselle dont j'ai déjà mentionné le nom. Mona était la fille de l'un des chefs de la tribu, et sa famille me réservait un accueil chaleureux et doux, au-delà de toute différence de langage et de race. Quant au langage le plus tendre de tous, je n'ai pas trouvé tant de différence entre la vieille Atlantide et l'Amérique moderne. Je suppose que les choses qui plairaient à une jeune fille de Brown's College, dans le Massachusetts, plaisent à ma dame des eaux.

Mais revenons au moment où Scanlan pénétra dans notre chambre avec la nouvelle d'un grand événement.

« Il y en a un qui a débarqué dans un tel état d'excitation qu'il avait oublié d'enlever son couvercle, il a baragouiné quelques minutes avant de comprendre qu'on n'entendait rien. Puis bla-bla-bla, jusqu'à plus soif, tous le suivent jusqu'au plongeoir. Je suis pour qu'on y aille, il doit se passer quelque chose d'intéressant. »

Sortant à la hâte, nous trouvâmes nos amis qui se précipitaient dans le corridor avec des gestes excités et nous nous joignîmes à la procession, faisant bientôt partie de la foule qui se hâtait sur les fonds de la mer sous la conduite d'un messager excité. Ils avançaient à une vitesse qui ne nous facilitait pas la tâche mais leurs lanternes électriques, même si nous étions distanciés, nous permettaient de suivre la lumière. La route s'étirait le long des falaises de basalte jusqu'à un endroit où une série de marches, creusées par un long usage, menaient à un sommet. Après les avoir gravies, nous nous trouvâmes dans un paysage heurté aux sommets rocheux déchiquetés, aux crevasses profondes qui rendaient le trajet difficile. Émergeant d'un enchevêtrement de lave ancienne, nous débouchâmes sur une plaine circulaire qui brillait sous une lumière phosphorescente au centre de laquelle se trouvait un objet qui me coupa le souffle. Je vis, à l'expression perplexe de mes compagnons, qu'ils partageaient pleinement mon émotion.

À demi enlisé dans la vase gisait un navire de bonne taille. Il était penché sur le côté, la cheminée s'était brisée et formait un angle étrange, le mât de misaine s'était cassé, mais autrement, le vaisseau était intact, propre et net comme s'il venait de quitter le port. Nous nous précipitâmes sous la poupe. Vous imaginez ce que nous ressentîmes en lisant son nom, *Stratford,* Londres. Notre bateau nous avait suivis jusque dans la Fosse Maracot.

Le premier choc passé, l'affaire ne semblait pas totalement incompréhensible. Nous nous rappelions le verre brisé, les voiles affalées du skipper norvégien expérimenté, l'étrange nuage noir à l'horizon. Un cyclone d'une gravité exceptionnelle avait dû se lever, emportant le *Stratford.* Il n'était que trop évident que l'équipage était mort, car la plupart des chaloupes, restées dans les bossoirs, étaient plus ou moins endommagées, de toute façon, quel bateau aurait survécu à un tel ouragan ? La tragédie avait dû avoir lieu une ou deux heures après notre propre désastre. Peut-être que la ligne de sonde que nous avions vue avait été touchée avant que le coup ne s'abatte. Chose terrible autant que saugrenue, nous étions en vie tandis que ceux qui pleuraient notre perte s'étaient eux-mêmes perdus. Nous n'avions aucun moyen de dire si le bateau avait dérivé dans les couches supérieures de l'océan ou s'il gisait déjà depuis quelque temps à l'endroit où les Atlantes l'avaient trouvé.

Le pauvre Howie, le capitaine, ou ce qu'il en restait, était à son poste, sur le pont, ses mains raidies fermement agrippées à la barre. Son corps et celui des trois chauffeurs de la salle des machines étaient les seuls à avoir sombré avec le navire. Chacun fut emporté selon nos indications et enterré sous le limon, une guirlande de fleurs sous-marines posée sur leurs restes. Je donne ce détail dans l'espoir qu'il puisse être de quelque réconfort à Mrs. Howie, dans son deuil. Les noms des chauffeurs nous étaient inconnus.

Tandis que nous accomplissions ce devoir, les petits hommes s'étaient répandus sur le bateau. Levant les yeux, nous les vîmes partout, comme des souris sur un fromage. Leur excitation et leur curiosité nous firent comprendre que c'était le premier bateau moderne – sans doute le premier vapeur – parvenu jusqu'à eux. Nous découvrîmes plus tard que l'appareil à oxygène à l'intérieur des cloches de vitre ne permettait pas de s'absenter de la station de recharge plus de quelques heures, si bien que leur rayon d'action, sur le sol de la mer, se limitait à quelques kilomètres de la base centrale. Ils se mirent au travail, cassant l'épave, prenant ce qui pouvait leur être utile, un long processus loin d'être achevé. Nous étions contents de pouvoir accéder à nos cabines et de récupérer les vêtements et les livres qui n'étaient pas irrémédiablement abîmés.

Nous avions retrouvé, entre autres, le journal de bord du *Stratford* tenu par le capitaine jusqu'au dernier jour, et relatant notre catastrophe. Étrangement, c'était nous qui le lisions et lui qui était mort. Ce jour-là, il écrivait :

3 octobre. Les trois aventuriers braves mais téméraires sont descendus aujourd'hui dans leur appareil au fond de l'océan, contre mon avis et ma volonté, et l'accident s'est produit comme je le prévoyais. Dieu ait leur âme. Ils sont descendus à 11 heures du matin, j'avais scrupule à leur donner l'autorisation en raison du grain qui s'annonçait. Je souhaiterais avoir agi selon mon instinct, mais cela n'aurait fait que retarder l'inévitable tragédie. Je pris congé de chacun d'entre eux avec la conviction que je ne les reverrais plus. Au début, tout se passait bien, à 11 h 45, ils avaient atteint les cinq cent cinquante mètres de profondeur, et touché le fond. Le Dr Maracot m'envoya plusieurs messages et tout semblait en ordre quand, tout à coup, j'entendis sa voix animée, une agitation considérable s'empara du câble de l'aussière. Un instant plus tard, le câble était coupé. Ils se trouvaient apparemment au-dessus d'un abîme profond, car, à la requête du docteur, le bateau avançait lentement. Les tubes d'air continuèrent de se dérouler sur une distance que j'estimerais à sept cents mètres, et cassèrent. Voilà tout ce que nous pouvons espérer jamais savoir du Dr Maracot, de Mr. Headley ou de Mr. Scanlan.

Pourtant, il me faut rapporter une chose tout à fait extraordinaire, dont je n'ai guère eu le loisir de méditer la signification parce qu'avec le gros temps qui s'annonce, j'ai de quoi faire. La sonde sous-marine qui avait été emportée indiquait une profondeur de sept mille neuf cent quatre-vingts mètres. Si le poids est resté au fond, le filin vient d'être retiré, et, aussi incroyable que cela puisse paraître, au-dessus d'un échantillon de tasse en porcelaine, on a retrouvé un mouchoir de Mr. Headley à son nom. Tout le monde, sur le bateau, est stupéfait, personne n'est en mesure de suggérer comment une telle chose a pu se produire. Dans ma prochaine entrée, j'en saurai peut-être davantage. Nous nous sommes attardés quelques heures dans l'espoir de voir quelque chose remonter à la surface et nous avons retiré l'aussière, dont une extrémité est déchiquetée. Il faut que je m'occupe du bateau car je n'ai jamais vu de ciel aussi mauvais et le baromètre, qui marque 28,5, descend encore.

Voilà comment nous reçûmes les ultimes nouvelles de nos anciens compagnons. Un cyclone terrible dut frapper le navire et le détruire aussitôt.

Nous demeurâmes près de l'épave jusqu'à ce que le manque d'air, sous nos cloches de vitre, et la sensation d'une oppression croissante sur notre poitrine nous préviennent qu'il était grand temps de rentrer. Sur le chemin du retour, nous vécûmes une aventure qui nous montra les dangers soudains auxquels ce peuple sous-marin est exposé et qui peut expliquer pourquoi leur nombre, malgré le temps, n'est pas plus important. En comptant les esclaves grecs, on ne dépasse guère quatre ou cinq mille hommes. Nous avions descendu l'escalier et nous frayions un chemin en bordure de la jungle qui longe les falaises de basalte quand Manda désigna avec excitation un point vers le haut et fit des gestes furieux à l'adresse d'un membre de notre groupe qui se tenait à l'écart. Dans le même temps, lui et ceux qui l'entouraient coururent vers de hauts rochers, nous entraînant à leur suite. Une fois à l'abri, nous comprîmes le motif de son inquiétude. Encore à distance, un énorme poisson de forme singulière avançait avec rapidité vers nous. C'était comme un grand lit de plumes flottant, moelleux, rebondi, à la surface blanche, aux longues franges rouges, qui se propulsaient dans l'eau par vibrations. Il semblait n'avoir ni yeux ni bouche mais se révéla formidablement alerte. Un membre du groupe resté à l'écart, en terrain découvert, se précipita vers l'abri où nous étions, mais trop tard. L'horrible créature fondit sur lui, l'enveloppa de tous côtés et se coucha sur lui avec d'horribles pulsations, comme pour le projeter contre les roches de corail et les réduire en miettes. La tragédie se déroulait à quelques mètres de nous mais nos compagnons étaient si déroutés par sa brusquerie qu'ils semblaient privés de tout pouvoir d'action. Ce fut Scanlan qui se précipita et qui, sautant sur le large dos de la créature aux taches rouges et brunes, enfonça la pointe aiguisée de sa perche métallique dans ses tissus mous.

J'avais suivi l'exemple de Scanlan, Maracot et les autres finirent par attaquer le monstre qui s'éloigna lentement, laissant un sillage de sécrétions huileuses gluantes. Nos secours arrivaient trop tard car, l'impact du grand poisson ayant brisé la cloche de vitre de l'Atlante, celui-ci s'était noyé. Ce fut une journée de lamentations, quand nous eûmes transporté son corps au refuge, mais ce fut aussi un jour de gloire, pour nous, car notre prompte action nous avait fait monter haut dans l'estime de nos compagnons. Quant à l'étrange poisson, le Dr Maracot nous assura que c'était un spécimen de poisson couverture, bien connu des ichtyologistes, dont il n'aurait jamais imaginé qu'il puisse atteindre de telles dimensions.

Je parle de cette créature parce qu'il se trouve qu'elle provoqua une tragédie, mais je pourrais écrire tout un livre, et peut-être le ferai-je un jour, sur les merveilles que nous découvrions. Le rouge et le noir sont les couleurs dominantes de la vie des grands fonds, alors que la végétation est d'un vert olive pâle, composée d'une fibre si solide qu'on la remonte rarement dans nos chaluts, de sorte que la science en est venue à penser que le sol de l'océan était vide. Nombre de formes marines ont un charme incomparable, d'autres sont si grotesques, dans l'horreur, qu'on dirait la représentation d'un délire, d'un danger avec lequel aucun animal terrestre ne saurait rivaliser. J'ai vu une pastenague de neuf mètres de long avec un horrible crochet sur la queue dont un seul coup suffirait à tuer. J'ai vu également une bête qui ressemblait à une grenouille, avec des yeux verts protubérants qui n'est qu'une bouche béante et un immense estomac. La rencontrer signifie la mort, à moins de la repousser à l'aide d'une torche électrique. J'ai vu l'anguille rouge aveugle, qui reste dans ses rochers et tue par émission de poison, j'ai vu le scorpion de mer géant, terreur des profondeurs, et la myxine qui rôde dans la jungle sous-marine.

Une fois, j'eus le privilège de voir le vrai serpent de mer, qui apparaît rarement à l'œil humain puisqu'il vit à des profondeurs extrêmes et qu'on ne l'aperçoit en surface que lorsqu'une secousse sous-marine le tire de son repaire. Il y en avait deux qui nageaient, ou plutôt qui glissaient devant nous, un jour où Mona et moi étions tapis dans des touffes de *lamellaria*. Ils étaient énormes – trois mètres de haut et une soixantaine de mètres de longueur, noir dessus, blanc argenté dessous, avec une frange haute sur le dos et des yeux petits comme ceux d'un mouton. Vous trouverez cela et beaucoup d'autres choses dans le compte rendu du Dr Maracot, si jamais son texte vous parvient.

Les semaines de notre nouvelle vie passaient. Notre existence était plaisante, nous apprenions un nombre suffisant de mots de cette langue oubliée depuis longtemps pour nous permettre de converser un peu avec nos compagnons. Il y avait d'innombrables sujets d'étude et d'amusement, au refuge, et déjà Maracot maîtrisait assez de chimie ancienne pour déclarer qu'il avait de quoi révolutionner nos idées courantes s'il pouvait transmettre ses connaissances. Ils ont appris, entre autres choses, à fissurer l'atome, et bien que l'énergie libérée soit moindre que dans les prévisions de nos scientifiques, elle est suffisante pour fournir un réservoir d'énergie important. Leur connaissance de l'énergie et de la nature de l'éther est plus avancée que la nôtre, et cette étrange transformation de la pensée en images par laquelle nous leur avions raconté notre histoire et eux, la leur, était le résultat d'une impression d'éther transformée en matière.

Pourtant, malgré leur savoir, certains points liés aux derniers développements scientifiques modernes avaient été dédaignés par leurs ancêtres.

Il revint à Scanlan de le démontrer. Pendant quelques semaines, il tenta de réfréner une excitation due à un grand secret, riant sans cesse de ses pensées. Nous ne le vîmes pas très souvent, au cours de cette période, car il était occupé et son seul confident et ami était un Atlante jovial et gros nommé Berbrix, qui s'occupait de la machinerie. Scanlan et Berbrix, bien que leur relation consistât essentiellement en signes et tapes dans le dos, étaient devenus proches et restaient continuellement enfermés ensemble. Un soir, Scanlan apparut, radieux.

« Regardez, doc, dit-il à Maracot. Il y a un truc que j'ai envie de leur transmettre. Ces gens-là nous ont montré une ou deux choses, et je crois qu'il est temps de leur retourner la politesse. Si on les convoquait tous à un spectacle, demain soir ?

— Jazz ou charleston ? demandai-je.

— Charleston mon œil. Attendez de voir. C'est une combine géniale – mais je n'en dirai pas plus. Seulement ça, vieux. Je ne vous laisse pas tomber, car j'ai de la marchandise et j'ai bien l'intention de la livrer. »

La communauté se rassembla le soir suivant dans la salle que nous connaissions bien. Scanlan et Berbrix se tenaient sur l'estrade, rayonnants de fierté. L'un d'eux appuya sur un bouton et – pour utiliser le langage de Scanlan – « il faut reconnaître qu'il nous fit une sacrée surprise ! »

« 2L.O.émission, cria une voix claire. Londres appelle les îles Britanniques. Prévisions météo. » Suivait la phrase habituelle sur les anticyclones et les dépressions. « Premier bulletin. Sa Majesté le roi a inauguré ce matin une nouvelle aile de l'Hôpital des Enfants malades de Hammersmith... » et caetera, et caetera, d'un ton familier. Pour la première fois, nous étions de retour dans l'Angleterre ordinaire qui accomplissait bravement sa tâche quotidienne, ployant sous les dettes de guerre. Nous entendîmes les nouvelles étrangères, les nouvelles sportives. Le vieux monde poursuivait son éternel discours. Nos amis les Atlantes écoutaient avec stupéfaction, sans comprendre. Mais quand, après les informations, l'orchestre de la Garde entama la marche de *Lohengrin,* un cri de plaisir s'éleva de l'assemblée, et il fut amusant de les voir se précipiter sur l'estrade, soulever les rideaux, regarder derrière les écrans, pour trouver la source de la musique. Oui, sur cette civilisation sous-marine, nous avons apposé notre sceau éternel.

« Non, monsieur, reprit Scanlan. Je n'ai pas pu construire une station d'émission. Eux n'ont pas le matériel ni moi, l'intelligence. À la maison, j'avais bricolé un appareil à deux lampes avec antenne, derrière la corde à linge, dans la cour, et j'ai appris à l'utiliser, à prendre toutes les stations des États-Unis. Il serait étonnant qu'avec leur électricité et leur verroterie en avance sur la nôtre, nous ne puissions fabriquer un truc qui attraperait une onde d'éther, une onde qui pourrait voyager dans les eaux aussi facilement que dans les airs. Le vieux Berbrix a failli avoir une attaque la première fois que nous avons capté une émission mais maintenant, il s'y connaît, et je pense que l'institution restera. »

Parmi les découvertes des chimistes atlantes se trouve un gaz neuf fois plus léger que l'hydrogène, que Maracot appelle le lévigène. Ses expériences sur ce gaz nous donnèrent l'idée d'envoyer des boules de vitre qui contiendraient des informations sur notre destinée à la surface de l'océan.

« J'ai fait comprendre l'idée à Manda, dit-il. Il a donné des ordres aux ouvriers du silicium et les globes devraient être prêts dans un ou deux jours.

— Mais comment y introduire nos nouvelles ? demandai-je.

— Ils laissent une petite ouverture pour y insérer le gaz. Nous pourrons y glisser des papiers. Ces ouvriers habiles scelleront le trou. Je suis sûr qu'une fois lâchés, ils remonteront à la surface.

— Ils vont danser sur les eaux pendant des mois sans que personne les voie.

— C'est possible. Mais la boule reflétera les rayons du soleil. Elle attirera l'attention. Nous étions sur la ligne maritime qui relie l'Europe et l'Amérique du Sud. Si nous en envoyons plusieurs, je ne vois pas pourquoi on n'en retrouverait pas au moins une. »

Voilà, cher Talbot, ou cher lecteur, comment ce récit est parvenu entre vos mains. Mais un projet plus décisif se cache derrière celui-ci. L'idée est née du cerveau fertile du mécanicien américain.

« Dites, les amis, déclara-t-il alors que nous étions seuls dans notre chambre, ici, c'est épatant, la boisson est bonne, la nourriture aussi, et j'ai rencontré un poussin à faire pâlir ceux de Philadelphie, mais il y a quand même des moments où j'ai envie de savoir que je reverrai un jour le pays de Dieu.

— Nous avons tous cette envie, dis-je, mais je ne vois pas comment nous pourrions faire.

— Regardez, vieux ! Si ces boules de gaz peuvent transporter un message, elles pourraient nous transporter aussi. Ne croyez pas que c'est une blague, j'ai bien réfléchi. Supposons que nous en mettions trois ou quatre, pour exercer une bonne poussée. Vous voyez ? Nous avons nos cloches de vitre, nous nous harnachons aux boules. Quand la cloche sonne, on coupe et on remonte. Qu'est-ce qui pourrait nous arrêter entre ici et la surface ?

— Un requin, par exemple.

— Bah ! Requin, mon œil ! On lui passera si vite devant qu'il ne s'en rendra pas compte. Le temps de voir trois éclairs de lumière, notre poussée sera telle que nous serons déjà quinze mètres au-dessus. Je vous assure que l'imbécile qui nous verra remonter ira tout droit réciter ses prières.

— Supposez que ce soit possible, que se passera-t-il après ?

— Pour l'amour de Dieu, ne pensez pas à après ! Tentons notre chance si nous ne voulons pas rester ici pour l'éternité. Je suis pour couper les amarres et prendre mes jambes à mon cou.

— Je désire infiniment retourner dans le monde, ne serait-ce que pour montrer nos résultats aux sociétés savantes, répondit Maracot. Il n'y a que mon influence personnelle qui puisse leur faire prendre conscience du fonds de connaissances nouvelles que j'ai acquis. Je serais tout à fait en faveur de la tentative indiquée par Scanlan. »

Il y avait de bonnes raisons, que je dirai plus tard, pour me rendre moins enthousiaste.

« Ce que vous proposez est une pure folie. À moins que quelqu'un ne nous attende à la surface, nous ne pourrons que dériver et mourir de faim ou de soif.

— Zut alors, comment quelqu'un pourrait nous attendre ?

— Ce serait possible, dit Maracot. Nous pouvons donner notre latitude et notre longitude, à un ou deux milles près.

— Et ils nous feront descendre une échelle, dis-je avec amertume.

— Échelle mon œil ! Le patron a raison. Regardez, Mr. Headley, vous mettez dans la lettre que vous envoyez à l'univers – mon Dieu ! Je vois les gros titres des journaux ! – que nous sommes à 27° de latitude nord et 28,14 de longitude ouest, le chiffre exact. Vu ? Puis vous dites que trois des types les plus importants de l'histoire, le grand homme de science Maracot, l'étoile montante des collectionneur d'insectes Headley, et Bob Scanlan, un amour de mécanicien, la fierté des usines Merribank, appellent à l'aide du fond des mers. Vous suivez ?

— Et après ?

— Après, ça dépend d'eux. Ils ne peuvent pas ne pas relever le défi. Comme Stanley qui retrouve Livingstone ou d'autres choses qu'on lit. C'est à eux de trouver un moyen de nous tirer de là, ou de nous rattraper à l'autre bout si on fait le saut tout seuls.

— Nous pouvons leur suggérer le moyen, dit le professeur. Qu'ils fassent descendre une sonde sous-marine, et nous irons à sa recherche. Quand elle sera arrivée, nous y attacherons un message où nous leur demanderons de nous attendre.

— Vous l'avez dit ! s'écria Bill Scanlan. C'est comme ça qu'il faut faire.

— Si une certaine demoiselle voulait partager notre destin, quand il y en a pour trois, il y en a pour quatre, fit Maracot en m'adressant un sourire malicieux.

— Et quand il y en a pour quatre, il y en a pour cinq, dit Scanlan. Voyez, Mr. Headley. Vous écrivez et, dans six mois, nous sommes de retour sur le fleuve de Londres. »

Nous allons lancer nos deux boules, dans une eau qui est pour nous ce que l'air est pour vous. Nos deux ballons vont remonter. Vont-ils se perdre en route ? C'est possible. Pouvons-nous espérer que l'un d'eux passera ? Tout est entre les mains des dieux. Si on ne peut rien faire pour nous, que ceux qui s'intéressent à nous sachent que nous sommes sains et saufs, et heureux. D'un autre côté, si cette suggestion pouvait se réaliser, qu'il y ait assez d'argent et d'énergie disponibles pour entreprendre notre sauvetage, nous vous donnons le moyen par lequel il peut s'accomplir. En attendant, au revoir – ou faut-il dire *good-bye* ?

Ainsi se terminait le récit inclus dans la boule de vitre.

Le récit précédent couvre les faits jusqu'au moment de sa rédaction. Alors que le manuscrit se trouvait entre les mains de l'imprimeur survint l'épilogue le plus sensationnel, le plus inattendu. Je fais allusion au sauvetage des aventuriers par le yacht à vapeur de Mr. Faverger, le *Marion,* et au compte rendu envoyé par le transmetteur télégraphique de ce vaisseau, capté par la station de câble des îles du Cap-Vert, qui vient de le diriger sur l'Europe et l'Amérique. Ce compte rendu fut rédigé par Mr. Key Osborne, correspondant bien connu de l'Associated Press.

Il semblerait que, dès la réception en Europe du premier récit de la situation du Dr Maracot et de ses amis, une expédition se soit préparée dans le calme et l'efficacité, avec l'espoir d'effectuer le sauvetage. Mr. Faverger mit généreusement son célèbre yacht à vapeur à la disposition du groupe qu'il accompagna en personne. Le *Marion* quitta Cherbourg en juin, embarqua Mr. Key Osborne et un opérateur d'images mobiles à Southampton, et fit route vers la région de l'océan indiquée sur le document d'origine. Ils l'atteignirent au 1er juillet.

Une corde de piano sous-marine fut descendue et doucement tirée sur les fonds de l'océan. Au bout de la ligne, outre le lourd plomb, était accrochée une bouteille contenant un message. Le message disait : « Votre compte rendu est parvenu au monde, nous sommes là pour vous aider. Nous dupliquons ce message avec notre transmetteur télégraphique dans l'espoir qu'il vous arrivera. Nous allons traverser lentement votre zone. Quand vous aurez détaché la bouteille, placez votre message à l'intérieur. Nous agirons selon vos instructions. »

Pendant deux jours, le *Marion* croisa dans la région, sans résultat. Au troisième jour, une surprise attendait le groupe de sauvetage. Une petite boule lumineuse jaillit hors de l'eau, à quelques centaines de mètres du bateau, et se révéla être un porteur-de-message de l'espèce décrite dans le document original. Après avoir brisé la vitre avec difficulté, on put lire le message suivant :

Merci, chers amis. Nous avons hautement apprécié votre grande énergie et votre loyauté. Nous recevons facilement vos messages télégraphiques et sommes en mesure de vous répondre de cette façon. Nous nous sommes efforcés de nous emparer de votre ligne mais les courants la soulèvent à trop grande hauteur et elle glisse plus vite que le plus alerte d'entre nous ne se déplace en raison de la résistance de l'eau. Nous

nous proposons de réaliser notre entreprise demain, qui devrait être, selon nos calculs, le mardi 5 juillet, à six heures du matin. Nous arriverons un par un, pour que tout conseil issu de notre expérience puisse être télégraphié à ceux qui suivront. Une fois encore, merci du fond du cœur.

MARACOT. HEADLEY. SCANLAN

Le récit est repris par Mr. Key Osborne :

« C'était une matinée splendide, la mer couleur saphir était lisse comme un lac, et la glorieuse voûte du ciel bleu profond n'était interrompue d'aucun nuage. Tout l'équipage du *Marion* fut de bonne heure en émoi, attendant l'événement avec une excitation tendue. Comme six heures approchaient, notre attente devint plus douloureuse. Un guetteur avait été posté sur le mât de signalisation, et cinq minutes avant l'heure, nous entendîmes son cri, nous le vîmes désigner un point sur l'eau, par bâbord devant. Nous nous pressâmes de ce côté, et je me perchai sur l'une des chaloupes d'où je pouvais avoir une vue plus nette. Je vis, dans l'étendue calme, une chose semblable à une bulle d'argent remonter avec rapidité des profondeurs de l'océan. Elle brisa l'étendue, à deux cents mètres du bateau, et jaillit dans les airs, beau globe luisant d'un mètre de diamètre s'élevant haut, dérivant sous l'effet d'un vent léger comme un ballon d'enfant. C'était un spectacle merveilleux mais nous étions pleins d'appréhension, ayant l'impression que le harnais pouvait se défaire et la charge portée par ce dispositif, se perdre en chemin. Un message télégraphique fut aussitôt délivré :

"Votre messager est apparu près du vaisseau. Rien n'y était attaché, et il a disparu." Nous mîmes néanmoins une chaloupe à la mer pour être prêts à toute éventualité.

Sitôt après six heures, notre guetteur émit un nouveau signal et, un instant plus tard, j'aperçus un deuxième globe d'argent remontant des profondeurs plus lentement que le précédent. En atteignant la surface, il demeura en suspens dans les airs, mais son chargement flottait sur les eaux. Ce chargement se trouva être, après examen, un gros paquet de livres, de papiers et d'objets divers enveloppés dans une caisse en peau de poisson. Dégouttant d'eau, il fut hissé sur le pont, un message télégraphique en accusa réception tandis que nous attendions avec enthousiasme l'arrivage suivant.

Il ne fut pas long à venir. Une nouvelle bulle d'argent à la surface, mais cette fois, la boule luisante s'éleva plus haut dans le ciel, et à notre grand étonnement, une mince silhouette de femme y était suspendue. Emportée par l'élan dans les airs, elle fut remorquée aux abords du vaisseau quelques instants plus tard. Un anneau de cuir était fixé à l'arrondi supérieur de la boule de vitre, y étaient suspendues de longues lanières attachées à une large ceinture de cuir passée autour de sa taille délicate. La partie supérieure de son corps était recouverte d'une visière de verre en forme de poire – je dis de verre mais c'était le même matériel léger et dur que la boule de vitre. Presque transparent, il était parcouru de veines argentées. Ce vêtement de verre, que les attaches élastiques serrées à la taille et aux épaules rendaient parfaitement étanche, était équipé, à l'intérieur, comme il est décrit dans le manuscrit original de Headley, d'un appareil chimique inconnu mais pratique et léger pour renouveler l'air. On ôta la cloche respiratoire non sans difficulté et la dame fut hissée sur le pont. Elle gisait, évanouie, mais sa respiration régulière nous encouragea à penser qu'elle se remettrait vite des effets de sa traversée et des changements de pression, atténués par le fait que la densité de l'air, à l'intérieur de la gaine protectrice, était considérablement plus élevée que notre atmosphère, de sorte qu'on pouvait dire qu'elle représentait le point médian auquel les plongeurs humains ont coutume de s'arrêter. Il s'agit vraisemblablement de la femme atlante à laquelle il est fait allusion, dans le premier message, sous le nom de Mona, et si nous la considérons comme un spécimen, cette race vaut effectivement la peine d'être réintroduite sur terre. Elle est de complexion sombre, bellement découpée, de traits distingués, avec de longs cheveux noirs et de magnifiques yeux noisette qui regardent autour d'eux avec un étonnement charmant. Des coquillages et des nacres étaient insérés dans sa tunique couleur crème et mêlés à ses cheveux noirs. On ne pouvait imaginer naïade des profondeurs plus parfaite, l'incarnation du mystère et de l'éclat des mers. Nous vîmes la conscience revenir dans ce merveilleux regard, elle bondit sur ses pieds avec l'allégresse d'une jeune biche et courut jusqu'au bord du bateau. "Cyrus ! Cyrus !" s'écria-t-elle.

Nous avions apaisé l'anxiété de ceux d'en bas par un télégramme. Voilà qu'ils arrivaient en succession rapide, s'élevant d'un mètre, un mètre cinquante, retombant dans la mer d'où nous les retirâmes rapidement. Ils étaient tous les trois inconscients, Scanlan saignait des oreilles et du nez, mais en l'espace d'une heure, ils purent à nouveau marcher en titubant. J'imagine que leur premier acte fut caractéristique. Scanlan fut emmené par un groupe de rieurs dans un bar d'où résonnent à présent de joyeuses exclamations, au détriment de ce travail de rédaction. Le Dr Maracot se saisit du paquet de papiers, en déchira un, qui consistait en symboles algébriques, autant que je puisse en juger, et disparut en bas tandis que Cyrus Headley accourait aux côtés de l'étrange jeune fille qu'il semble, aux dernières nouvelles, peu désireux de quitter. Voilà toute l'histoire, nous espérons que notre petit télégraphe transmettra notre message à la station du Cap-Vert. Les détails complets de cette merveilleuse aventure viendront ensuite, comme il convient, de la plume des aventuriers eux-mêmes. »

6

De nombreuses personnes nous ont écrit, à moi, Cyrus Headley, boursier de Rhodes à l'université d'Oxford, au professeur Maracot, et même à Bill Scanlan, depuis notre remarquable expérience au fond de l'Atlantique, où nous avons effectué, à un point se situant à deux cents milles au sud-ouest des Canaries, une plongée sous-marine qui nous a non seulement conduits à préciser nos vues concernant la vie et la pression dans les grandes profondeurs, mais qui a également permis d'établir la survie d'une civilisation ancienne dans des conditions incroyablement difficiles. Dans ces lettres, on nous demande de donner d'autres détails sur notre expérience. On se doute que le document original, bien que superficiel, couvrait la plupart des faits. Certains ont cependant été passés sous silence, et surtout le terrible épisode du Seigneur à la Sombre Face. Celui-ci comportait des faits et des conclusions d'une nature si extraordinaire que nous avons pensé, sur le moment, qu'il fallait le supprimer. Maintenant que la Science a accepté nos conclusions – et, pourrais-je ajouter, maintenant que la Société a accepté ma fiancée – notre sincérité est avérée et peut-être oserons-nous nous aventurer dans un récit qui aurait pu nous valoir auparavant l'antipathie du public. Avant d'en arriver à cette formidable circonstance, je commencerai par le souvenir des mois merveilleux passés dans le domaine englouti des Atlantes qui, au moyen de cloches de vitre à oxygène, peuvent marcher au fond des océans avec la même aisance que les Londoniens que je vois à présent des fenêtres du Hyde Park Hotel et qui se promènent au milieu de parterres fleuris.

Après notre terrible chute, aux premiers temps de notre adoption, notre position était celle de prisonniers plutôt que d'invités. J'aimerais transcrire comment le changement s'opéra et comment, grâce à la magnificence du Dr Maracot, notre renom fut tel que le souvenir de notre venue restera dans leurs annales comme une visitation. Ils ne savaient pas que nous allions partir, ils nous en auraient certainement empêchés, s'ils l'avaient pu, et la légende doit déjà courir que nous sommes retournés dans quelque sphère céleste, emportant avec nous la fleur la plus délicate, la plus douce de leur bouquet.

J'aimerais noter dans l'ordre certains aspects étranges de ce monde merveilleux, et quelques-unes des aventures que nous avons rencontrées jusqu'à l'aventure suprême – qui laissera à jamais sa trace en chacun d'entre nous – la venue du Seigneur à la Sombre Face. D'une certaine façon, j'aurais voulu rester davantage dans la Fosse Maracot, car il planait de nombreux mystères, et certaines choses nous sont demeurées incompréhensibles jusqu'au bout. Comme nous apprenions vite les éléments de leur langage, nous aurions été bientôt en mesure d'obtenir d'autres renseignements.

L'expérience leur avait appris à distinguer le terrifiant de l'anodin. Un jour, je me souviens qu'il y eut une alerte, nous courûmes tous avec nos cloches à oxygène sur le sol de l'océan, même si la raison de notre course et sa signification nous échappaient. Il n'y avait pourtant pas de doute quant à l'horreur et à la confusion peintes sur le visage de ceux qui nous entouraient. Parvenus dans la plaine, nous rencontrâmes des mineurs grecs qui se hâtaient vers la porte de notre colonie. Ils arrivaient à une telle vitesse, étaient si fatigués, qu'ils s'écroulaient dans la vase, et il devint évident que l'objectif de notre groupe de secouristes était d'aller chercher les invalides et de faire presser les traînards. Il n'y avait pas trace d'armes ni de lutte contre un danger qui menacerait. Nous bousculâmes les ouvriers et, quand le dernier eut franchi la porte, nous jetâmes un ultime regard le long de la ligne qu'ils avaient traversée. Nous aperçûmes deux volutes nuageuses verdâtres, lumineuses en leur centre, aux bords déchirés, qui dérivaient plutôt qu'elles n'avançaient dans notre direction. En les voyant, bien qu'elles fussent à plus de cinq cents mètres, mes compagnons furent pris de panique et frappèrent à la porte pour entrer au plus vite. Il était angoissant de voir le cœur de ces troubles mystérieux approcher, mais les pompes furent vivement actionnées et nous nous trouvâmes bientôt à l'abri. Au-dessus du linteau de la porte, il y avait un grand bloc de cristal transparent de trois mètres de long et cinquante centimètres de large, avec des lumières disposées de façon à projeter dehors un éclairage intense. Ayant grimpé sur des échelles destinées à cet effet, nous fûmes plusieurs à regarder par cette fenêtre rudimentaire. Je vis les étranges cercles scintillants verts s'arrêter à la porte. Les Atlantes tremblaient de peur à ce spectacle. Une mystérieuse créature surgit de l'eau et approcha de notre fenêtre de cristal. Aussitôt, mes compagnons me poussèrent en deçà de son champ de vision, mais en raison de ma négligence, une partie de mes cheveux demeura dans la zone d'influence malveillante de ces étranges créatures. J'ai, aujourd'hui encore, une mèche blanche de cheveux desséchés.

Il s'écoula peu de temps avant que les Atlantes n'osent enfin ouvrir leur porte, un éclaireur partit après force serrements de main et tapes dans le dos, comme pour accomplir une action d'éclat. Il rapporta que la voie était dégagée et la joie revint dans la communauté, l'étrange visite paraissait oubliée. Nous devinâmes, d'après le mot « Praxa » répété sur divers tons d'horreur, que tel était le nom de la créature. Le seul à retirer une joie de l'incident fut le professeur Maracot, que nous eûmes toutes les peines à empêcher de sortir avec un filet de pêche et un récipient de verre. « Un règne de vie nouveau, en partie organique, en partie gazeux, mais visiblement doté d'intelligence », tel fut son commentaire. « Un monstre de l'Enfer », fut la description moins scientifique de Scanlan.

Deux jours plus tard, alors que nous étions sortis pour ce que nous appelions la pêche aux crevettes et que nous marchions dans la végétation des hauts fonds, capturant de petits poissons dans nos épuisettes, nous tombâmes sur le corps d'un mineur sans doute emporté dans sa fuite par ces étranges créatures. La cloche de verre avait été brisée – ce qui demandait une force énorme, car cette substance vitreuse est extraordinairement résistante, comme vous avez pu le voir en essayant de récupérer mes premiers documents. Les yeux de l'homme avaient été arrachés, le reste était intact.

« Quelle délicatesse de goût ! s'exclama le professeur à notre retour. Il y a un perroquet faucon, en Nouvelle-Zélande qui tue les moutons pour un simple morceau de graisse au-dessus du rein. Et voilà une créature qui massacre les hommes pour leurs yeux. Dans les ciels du dessus et les eaux du dessous, la nature ne connaît qu'une loi, une loi d'une cruauté, hélas, impitoyable. »

Nous eûmes de nombreux exemples de cette terrible loi, dans les profondeurs océanes. Je me souviens que nous remarquions souvent une curieuse cannelure, sur la molle boue bathyale, comme si quelqu'un avait fait rouler un tonneau. Nous la montrâmes à nos compagnons atlantes, et lorsque nous pûmes les interroger, tentâmes de nous faire expliquer ce qu'était ce genre de créature. Quant à son nom, nos amis émirent les sons secs typiques de la langue atlante, impossibles à reproduire dans aucune langue européenne ni dans notre alphabet. Krixchok serait une approximation. Pour l'aspect, nous pouvions utiliser le réflecteur de pensée par lequel nos amis donnaient une vision claire de ce qu'ils avaient dans l'esprit. Ils nous transmirent par ce moyen l'image d'une créature marine étrange que le professeur classa comme une limace de mer géante. De grande taille, en forme de saucisse, elle avait des yeux à l'extrémité de la queue, et une fourrure épaisse de poils durs ou de soies. En nous montrant cette apparition, nos amis exprimèrent par des gestes la plus grande des horreurs et des répulsions.

Mais comme ceux qui connaissent Maracot s'en doutent, tout cela ne servit qu'à enflammer sa passion scientifique et à le rendre plus impatient de définir l'espèce et la sous-espèce précise de ce monstre inconnu. Je ne fus donc pas surpris quand, à l'occasion de notre excursion suivante, il s'arrêta à l'endroit où nous avions vu l'empreinte de la brute sur le limon et se tourna délibérément vers l'enchevêtrement d'algues et de blocs basaltiques d'où elle avait surgi. Dès que nous eûmes quitté la plaine, les traces s'arrêtèrent, pourtant, il semblait y avoir un couloir naturel, dans les rochers, qui menait visiblement à l'antre du monstre. Nous étions tous trois armés des piques que portent habituellement les Atlantes, mais celles-ci me paraissaient bien fragiles pour affronter des dangers inconnus. Le professeur prit la tête et nous ne pûmes que le suivre.

Un défilé rocheux s'élevait, aux parois constituées d'amas de débris volcaniques, drapées d'une profusion de longues formes rouges et noires de *lamellaria* caractéristiques des profondeurs extrêmes de l'océan. Des centaines de beaux ascidiens et des échinodermes aux couleurs joyeuses, aux formes fantastiques, apparaissaient dans cet herbage animé d'étranges crustacés et de formes inférieures de vie rampante. Notre progression était lente, car il n'est jamais facile de marcher dans les profondeurs, et nous devions gravir une pente abrupte. Soudain, nous aperçûmes la créature que nous pourchassions, vision qui n'avait rien de rassurant.

Elle était partiellement sortie de sa tanière, une sorte de creux dans une colonne de basalte. Un mètre cinquante de corps poilu en était visible, ainsi que les yeux, grands comme des soucoupes, de couleur jaune, brillant comme des agates, qui tournèrent lentement sur leurs longs pédicules en nous entendant approcher. Elle commença à se déployer hors de son terrier, ondoyant de son corps lourd, telle une chenille. Elle leva la tête à un mètre des rochers pour mieux nous voir, j'observai qu'elle avait quelque chose qui ressemblait aux semelles ondulées des chaussures de tennis, de part et d'autre du cou, même couleur, même taille, et même aspect rayé. Je ne voyais pas à quoi cela pouvait correspondre, mais nous allions bientôt avoir droit à des travaux pratiques.

Le professeur s'était préparé, pique en avant, une expression déterminée sur le visage. Il était clair que l'espoir d'attraper un spécimen rare avait balayé la peur. Scanlan et moi n'étions pas aussi sûrs de nous mais nous ne pouvions abandonner le vieil homme, aussi nous tenions-nous de part et d'autre. Après un long regard, la créature commença à descendre la pente avec une lenteur maladroite, se frayant un chemin parmi les rochers, levant ses yeux pédiculés de temps à autre pour voir où nous en étions. Elle avançait si lentement que nous pensions être en sécurité, dans la mesure où nous resterions à distance. Pourtant, nous étions, sans le savoir, à deux pas de la mort.

C'est sans doute la Providence qui nous envoya un avertissement. La bête continuait son approche lourde et devait être à une soixantaine de mètres quand un gros poisson, un mérou des profondeurs, surgit de la jungle des algues, de notre côté du défilé, qu'il traversa doucement. Il avait atteint le milieu, il était entre la créature et nous, quand il fut pris d'un soubresaut convulsif, se retourna sur le ventre, et plongea au fond du ravin. Au même moment, chacun de nous éprouva un picotement désagréable sur le corps tandis que nos genoux semblaient se dérober. Le vieux Maracot, aussi prudent qu'audacieux, avait compris la situation en un éclair et s'était rendu compte qu'il n'y avait rien à faire. Nous étions face à une créature qui lançait des ondes électriques pour tuer sa proie et nos piques ne nous étaient pas plus utiles que devant des mitrailleuses. Sans ce poisson qui avait attiré ses feux par un hasard heureux, nous aurions attendu qu'elle soit suffisamment proche pour décharger toute sa batterie, provoquant notre perte irrémédiable. Nous décampâmes aussi vite que nous le pûmes, décidant de laisser à l'avenir le ver de mer électrique géant tranquille.

Tels étaient les terribles dangers des profondeurs. Il y avait aussi le petit *Hyrdrops ferox* noir, comme l'appelait le professeur. C'était un poisson rouge guère plus long qu'un hareng, à la grande bouche pourvue d'une formidable rangée de dents. Inoffensif dans les circonstances ordinaires, la vue du sang, même en faible quantité, l'attirait instantanément, et il n'y avait guère de salut pour la victime, mise en pièces par un essaim d'assaillants. Nous assistâmes à un horrible spectacle, une fois, aux puits des mines, quand un esclave eut le malheur de se couper la main. En un éclair, des milliers de poissons venus de toutes parts se précipitèrent. En vain, il se jeta à terre, tentant de se défendre ; en vain, ses compagnons horrifiés les repoussèrent de leur pioches et de leurs pelles. La partie inférieure de son corps se désintégra sous nos yeux dans le nuage de vibrations qui vint l'entourer. L'instant d'avant, c'était un homme. L'instant d'après, une masse rouge avec des os blancs saillants. Une minute plus tard, il n'y avait d'os que sous la taille, et le demi-squelette blanchi gisait au fond de la mer. C'était une vision si terrible que nous en fûmes malades, même Scanlan le durà-cuire perdit conscience et nous eûmes du mal à le ramener à la maison.

Mais les étranges spectacles auxquels nous assistions n'étaient pas tous terrifiants. Il en est un qui restera à jamais gravé dans notre mémoire. C'était lors de l'une des excursions que nous adorions faire, avec un guide atlante ou seuls, quand nos hôtes eurent compris que nous n'avions besoin ni de surveillance ni de soins constants. Nous passions au-dessus d'une partie de la plaine que nous connaissions bien quand nous nous aperçûmes avec surprise qu'une grande bande de sable jaune clair, d'environ un demi-hectare, s'était déposée ou découverte, depuis notre dernière visite. Stupéfaits, nous nous demandions quel courant sous-marin, quel mouvement sismique l'avait portée là quand, à notre grand étonnement, l'ensemble se souleva et vint flotter, avec de lentes ondulations, au-dessus de nous. Ce dais était si énorme qu'il mit un certain temps, une minute ou deux, à passer au-dessus de nous. C'était un gigantesque poisson plat, peu différent, d'après les observations du professeur, de nos petites limandes, mais parvenu à cette taille énorme grâce à la riche nourriture fournie par les dépôts bathyaux. Il disparut dans les ténèbres du dessus, étendue jaune et blanche étincelante, vacillante, et nous ne le revîmes plus.

Il y a un phénomène des profondeurs sous-marines assez inattendu. Ce sont les fréquentes tornades. Elles semblaient provoquées par l'arrivée périodique de violents courants sous-marins qui s'installaient sans prévenir et dont la présence terrifiante causait autant de confusion et de destruction qu'une bourrasque sur les terres. Sans ces visites, la pourriture et la stagnation régneraient, dues à une immobilité absolue, de sorte que, du point de vue du processus de la Nature, c'était une chose excellente ; mais l'expérience n'en était pas moins inquiétante.

La première fois que je fus pris dans un cyclone aquatique, j'étais sorti avec la chère demoiselle à laquelle j'ai déjà fait allusion, Mona, la fille de Manda. Il y avait un beau plateau couvert d'algues de mille couleurs qui se trouvait à un kilomètre environ de la colonie. C'était le jardin particulier de Mona, qu'elle aimait beaucoup, un mélange de *serpularia* roses, d'ophiurides pourpres et d'holothuriens rouges. Ce jour-là, elle m'avait emmené le voir, et quand la tempête éclata, nous y étions encore. Le courant arriva si fort que ce ne fut qu'en nous tenant l'un à l'autre et en regagnant l'abri des rochers que nous pûmes éviter d'être emportés. J'observai que c'était un torrent chaud, d'une chaleur presque insupportable, ce qui prouverait que ces perturbations, d'origine volcanique, se produisent dans le sillage des perturbations sous-marines d'une région lointaine des fonds de l'océan. La boue de la grande plaine remuait sous l'assaut du courant et la lumière fut obscurcie par un épais nuage de matière en suspens. Il nous était impossible de retrouver notre chemin car nous avions perdu le sens de l'orientation, et de toute façon, il était impossible de s'opposer au jaillissement de l'eau. De plus, une lourdeur croissante dans la poitrine et des difficultés de respiration me prévinrent que notre réserve d'oxygène allait bientôt s'épuiser.

C'est à de tels moments, lorsque nous sommes en présence d'une mort immédiate, que les grandes passions primitives remontent à la surface et nous submergent d'émotions. Ce fut à ce moment-là que je compris que j'aimais ma douce compagne, que je l'aimais de tout mon cœur, de toute mon âme, que je l'aimais d'un amour profondément enraciné qui faisait partie de moi. Un tel amour est bien étrange ! Impossible de l'analyser ! Ce n'était pas son visage ni sa silhouette, pourtant charmants. Ce n'était pas sa voix, plus musicale que tout ce que j'avais pu connaître, ni la communion mentale par laquelle je connaissais ses pensées en lisant sur son visage sensible et mobile. Non, c'était quelque chose derrière ses yeux noirs et rêveurs, quelque chose dans les profondeurs de son âme et de la mienne, qui faisait de nous d'éternels compagnons. Je tendis la main pour serrer la sienne, voyant sur son visage que la moindre de mes pensées, la moindre de mes émotions, envahissaient son esprit réceptif, faisant rougir ses jolies joues. Mourir à mes côtés ne lui faisait pas peur, quant à moi, mon cœur battait à cette seule pensée.

Mais il ne devait pas en être ainsi. On aurait pu croire que notre vêtement de verre excluait tous les sons, mais la pulsation de certaines vibrations y pénétrait aisément, ou c'était leur impact qui provoquait des vibrations similaires à l'intérieur. Il y eut un battement, une résonance métallique, comme un gong lointain. Si je n'avais aucune idée de ce que c'était, ma compagne, elle, savait. Sans lâcher ma main, elle se leva et, après avoir écouté attentivement, se pencha pour avancer dans la tempête. C'était une course contre la mort, à chaque instant, la terrible oppression de ma poitrine devenait plus insupportable. Je voyais son cher visage scruter le mien avec anxiété et continuais de tituber dans la direction vers laquelle elle me conduisait. D'après son allure et ses mouvements, sa réserve d'oxygène était moins épuisée que la mienne. Je tins aussi longtemps que la nature le permit, mais soudain, tout se mit à danser autour de moi. Lançant les bras en avant, je tombai sans connaissance sur le doux sol de l'océan.

Quand je revins à moi, j'étais allongé sur ma couche dans le palais de l'Atlantide. Le vieux prêtre vêtu de jaune se tenait près de moi, une fiole de remontant à la main. Maracot et Scanlan, le visage plein de détresse, étaient penchés sur moi tandis que Mona était agenouillée au pied du lit, les traits empreints d'une tendre anxiété. La brave fille s'était apparemment hâtée vers la porte de la communauté depuis laquelle on avait coutume, en de telles circonstances, de frapper sur un grand gong pour guider les promeneurs perdus. Elle avait expliqué ma position et pris la tête du groupe de sauveteurs, incluant mes deux camarades, qui m'avaient ramené dans leurs bras. Quoi que je fasse désormais, c'est Mona qui l'aura fait ; car cette vie est son offrande.

Maintenant qu'elle est miraculeusement venue me rejoindre dans le monde d'en haut, le monde humain sous le ciel, il est étrange de penser que mon amour était si grand que j'aurais souhaité rester dans les profondeurs aussi longtemps qu'elle serait à moi. Longtemps je n'ai pu comprendre ce lien profondément intime qui nous liait l'un à l'autre et qu'elle éprouvait, je le voyais, aussi fort que moi. Ce fut Manda, son père, qui me donna une explication aussi satisfaisante qu'inattendue.

Il souriait gentiment de notre histoire – du sourire indulgent, de l'air amusé de ceux qui voient arriver ce qu'ils avaient prévu. Un jour, il me prit à part dans sa chambre et mit en place l'écran d'argent sur lequel se reflétaient son savoir et ses pensées. Tant que j'aurai un souffle de vie, je ne pourrai oublier ce qu'il nous montra – à elle et à moi. Assis l'un près de l'autre, mains jointes, nous regardions, en extase, les images scintiller devant nous, formées, projetées par la mémoire ethnique du passé que possèdent les Atlantes.

Une péninsule rocheuse s'avançait dans un bel océan bleu. Je ne vous ai peut-être pas dit que, dans ces cinémas mentaux, si je puis utiliser une telle expression, la couleur existe autant que la forme. Sur ce promontoire se trouvait une maison aux contours bizarres, étirée, au toit rouge, aux murs blancs, très belle. Entourée d'une palmeraie. Il devait y avoir un campement parmi les arbres car on voyait des tentes d'une blancheur éclatante et, çà et là, l'éclat des armes d'une sentinelle montant la garde. De cette palmeraie sortait un homme d'un certain âge, en armure, un bouclier rond et léger au bras. Dans l'autre main, il portait quelque chose, épée ou javelot, je n'arrivais pas à distinguer. Dès qu'il tourna le visage vers nous, je vis qu'il était de la race des Atlantes qui m'entouraient. Il aurait pu être le frère jumeau de Manda, mais il avait des traits durs, menaçants – une brute dont la brutalité ne venait pas de l'ignorance mais du caractère. Une brute intelligente, c'est-à-dire la combinaison la plus dangereuse. Ce haut front sardonique, cette bouche barbue, semblaient la quintessence du mal. Si c'était une incarnation antérieure de Manda, et d'après ses gestes, il semblait vouloir qu'on le comprenne ainsi, il s'était élevé, depuis, en âme sinon en esprit.

Quand il approcha de la maison, nous vîmes, à l'image, une jeune femme sortir à sa rencontre. Elle était vêtue à la façon des Grecs anciens, d'un long vêtement blanc moulant, la robe la plus simple et pourtant la plus belle, la plus digne qu'une femme ait jamais conçue. Son attitude, en approchant de l'homme, était faite de révérence et de soumission – l'attitude d'une fille de devoir envers son père. Il la repoussa sauvagement, levant la main comme pour la frapper. Elle recula, et tandis que le soleil éclairait son beau visage baigné de larmes, je vis que c'était ma Mona.

L'écran d'argent se brouilla et, un instant plus tard, une autre scène se forma. C'était une anse rocheuse appartenant à la péninsule que j'avais déjà vue. Au premier plan se trouvait un bateau d'une forme étrange, aux extrémités pointues. C'était la nuit, mais la lune éclairait les eaux d'une lumière vive. Les étoiles familières brillaient dans le ciel, les mêmes en Atlantide que chez nous. Le bateau entrait avec lenteur, précaution. Il y avait deux rameurs, et à l'avant, un homme enveloppé d'un manteau noir. Approchant du rivage, il se leva et regarda autour de lui avec excitation. Je vis son visage sérieux et pâle, sous la clarté lunaire. Il n'était pas besoin du serrement convulsif de Mona ni de l'exclamation de Manda pour expliquer l'étrange frisson intérieur qui me faisait trembler. Cet homme, c'était moi.

Moi, Cyrus Headley, de New York et d'Oxford ; moi, le produit récent de la culture moderne, j'avais autrefois appartenu à cette puissante civilisation antique. Je comprenais maintenant pourquoi nombre des symboles et des hiéroglyphes que j'avais vus me donnaient un sentiment de familiarité. Je n'avais cessé d'avoir l'impression de forcer ma mémoire comme quelqu'un qui se sent au bord d'une grande découverte pourtant hors d'atteinte. Je comprenais également le frisson profond de mon âme quand mes yeux avaient croisé ceux de Mona. Ils venaient des profondeurs de mon inconscient où gisaient des souvenirs vieux de douze mille ans.

Le bateau touchait le rivage, et une silhouette d'un blanc étincelant sortit des broussailles. Mes bras se tendirent pour l'envelopper. Après une étreinte rapide, je la soulevai pour l'emporter sur le bateau. Mais il y eut une alerte. Avec des gestes frénétiques, je fis signe aux rameurs de démarrer. Des mains avides saisirent le rebord du bateau. J'essayai de les repousser, en vain. Une hache luisit dans l'air et s'écrasa contre mon crâne. Je tombai raide mort sur la demoiselle, inondant sa robe blanche de mon sang. Je la vis hurler, bouche ouverte, yeux écarquillés, tandis que son père la dégageait de mon corps en la tirant par ses longs cheveux noirs. Le rideau se referma.

Une image scintilla sur l'écran d'argent. C'était l'intérieur du refuge construit par le sage Atlante, le lieu de protection au jour du jugement – la demeure dans laquelle nous étions à présent. Je vis la foule des habitants terrifiés au moment de la catastrophe. Je revis ma Mona, et il y avait son père, qui s'était amélioré, amendé, et se trouvait parmi ceux qui seraient sauvés. Nous vîmes la grande pièce tanguer comme un navire dans la tempête tandis que les réfugiés, frappés de terreur, s'accrochaient aux colonnes ou tombaient sur le sol. Puis nous vîmes l'embardée, la descente, quand la maison disparut dans les vagues. La scène s'évanouit, et Manda se retourna en souriant pour montrer que tout était fini.

Nous avions donc vécu auparavant, nous tous, Manda, Mona et moi, peut-être allions-nous vivre encore, agissant, réagissant, dans la longue chaîne de nos vies. Comme j'étais mort dans le monde d'en haut, mes réincarnations s'étaient déroulées sur ce plan. Manda et Mona étaient morts sous les flots, et leur destinée cosmique s'accomplissait là. Un instant, nous avions soulevé un coin du grand voile noir de la Nature, voyant le rayon de la vérité passer sur les mystères qui nous entourent. Chaque vie n'est qu'un chapitre de l'histoire créée par Dieu. On ne peut juger de sa sagesse ou de sa justice qu'au jour suprême où, d'un sommet de la connaissance, on regarde pour voir les effets et les causes, agissant, réagissant au cours des longues chroniques du temps.

Cette relation délicieuse nouvellement découverte nous sauva peut-être, un peu plus tard, quand la seule querelle sérieuse éclata entre nous et la communauté au sein de laquelle nous vivions. Les choses auraient pu mal se terminer si une question de plus grande importance n'avait attiré l'attention de tous et ne nous avait finalement placés au pinacle de leur estime. Voici comment les choses se déroulèrent.

Un matin, si on peut utiliser un tel terme alors que le moment de la journée ne s'évaluait que d'après nos occupations, le professeur et moi étions assis dans notre grande pièce commune. Il avait installé son laboratoire dans un coin et était absorbé par la dissection d'un *gastrostomus* pêché la veille. Sur sa table étaient dispersés une portée d'amphipodes et de copépodes, ainsi que des spécimens de *valella, ianthina, physalia,* et une centaine d'autres créatures dont l'odeur était moins attirante que l'aspect. J'étais assis près de lui, étudiant une grammaire atlante, car nos amis avaient de nombreux livres, curieusement imprimés de droite à gauche sur ce que je pensais être du parchemin mais qui se révéla être de la vessie de poisson pressée et mise en conserve. J'étais concentré sur le désir de trouver la clé qui me donnerait l'accès à ce savoir et passais le plus clair de mon temps sur l'alphabet et les éléments du langage.

Nos paisibles occupations furent grossièrement interrompues par une extraordinaire procession qui fit irruption dans notre pièce. En tête venait Bill Scanlan, animé et très rouge, agitant un bras, tenant dans l'autre, à notre grand étonnement, un bébé rebondi et bruyant. Derrière lui se trouvait Berbrix, l'ingénieur atlante qui avait aidé Scanlan à construire le récepteur sans fil. C'était un homme corpulent, généralement jovial, mais son gros visage était convulsé de douleur. Derrière encore, une femme dont les cheveux couleur paille et les yeux bleus montraient qu'elle n'était pas une Atlante mais appartenait à cette race subordonnée qui remontait aux Grecs anciens.

« Regardez, patron, s'écria Scanlan avec excitation. Ce type, Berbrix, qui est quelqu'un de bien, est devenu maboul, et la fille qu'il a épousée aussi, je crois que c'est à nous de veiller à ce qu'on les traite correctement. Si j'ai bien compris, elle est considérée comme on considère les nègres dans notre Sud profond, et il a eu la riche idée de lui demander de l'épouser, mais je suppose que c'est son affaire et pas la nôtre.

— Bien sûr que c'est son affaire, dis-je. Quelle mouche vous a piqué, Scanlan ?

— Voilà, patron. Un bébé est arrivé. Et on dirait que ces gens-là ne veulent pas d'une telle espèce, les prêtres sont sur le point de l'offrir à l'image muette d'en bas. Leur imbécile de chef s'est emparé du bébé, il allait partir avec mais Berbrix le lui a arraché, et moi, je lui ai flanqué une gifle, maintenant, ils sont sur nos talons et... »

Scanlan ne put poursuivre son explication car un cri retentit, des pas précipités dans le passage, notre porte s'ouvrit et plusieurs serviteurs du temple vêtus de jaune surgirent. Derrière eux, farouche et austère, venait le formidable prêtre au grand nez. Il fit un signe de la main et ses serviteurs se précipitèrent pour saisir l'enfant. Mais ils s'arrêtèrent, indécis, en voyant Scanlan jeter le bébé au milieu des spécimens qui étaient sur la table, derrière lui, et s'emparer d'une pique pour affronter ses assaillants. Ils avaient tiré leurs couteaux, je volai au secours de Scanlan, avec une autre pique tandis que Berbrix en faisait autant. Nous avions l'air si menaçants que les serviteurs du temple reculèrent, la situation semblait en être au point mort.

« Mr. Headley, vous parlez un peu leur langue, s'écria Scanlan. Dites-leur qu'on n'a pas de butin.

On ne donne pas de bébés, ce matin, merci. Dites-leur qu'il va y avoir du grabuge s'ils ne débarrassent pas le plancher. Vous l'avez cherché et vous l'avez trouvé, voilà, je vous souhaite bien du plaisir. »

La dernière partie du discours de Scanlan était due au fait que le Dr Maracot venait de plonger le scalpel avec lequel il effectuait ses dissections dans le bras d'un serviteur qui s'était glissé vers nous et levait son couteau pour poignarder Scanlan. L'homme hurla, frétillant de peur et de douleur, tandis que ses camarades, poussés par le vieux prêtre, se préparaient à attaquer. Dieu sait ce qui se serait produit si Manda et Mona n'étaient entrés. Manda regardait la scène avec stupéfaction, il pressa le Grand Prêtre de questions. Mona était venue à mes côtés, et, pris d'une heureuse inspiration, je me saisis du bébé que je fourrai dans ses bras où, une fois installé, il gazouilla avec satisfaction.

Le front de Manda était sombre, il paraissait perplexe. Il renvoya le Prêtre et ses satellites au Temple, puis entama une longue explication dont je ne compris qu'une partie, que je retransmis à mes compagnons.

« Il faut laisser le bébé, dis-je à Scanlan.

— Le laisser ! Non, monsieur. Pas question !

— La demoiselle s'occupera de la mère et de l'enfant.

— C'est autre chose. Si Miss Mona les prend, je suis satisfait. Mais si cet escogriffe de prêtre...

— Non, non, il ne peut pas s'interposer. Il faut en référer au Conseil. C'est une affaire sérieuse car, si j'ai bien compris, Manda dit que le Prêtre est dans son droit, que c'est une coutume anciennement établie dans leur nation. Ils ne pourraient pas distinguer les races supérieures et les races inférieures, dit-il, s'il existe toutes sortes d'intermédiaires. Quand de tels enfants naissent, ils doivent mourir. C'est la loi.

— Ce bébé ne mourra pas.

— J'espère que non. Il a dit qu'il ferait son possible au Conseil. Mais ils ne se réuniront que dans une semaine ou deux. En attendant, il est en sécurité, et qui sait ce qui peut se produire, entre-temps ? »

Oui, qui sait ce qui peut se produire ? Qui aurait pu imaginer ce qui *se produisit* ? C'est ce qui compose le chapitre suivant de nos aventures.

7

J'ai déjà dit qu'à faible distance de l'habitation souterraine des Atlantes prévue pour résister à la catastrophe qui submergea leur terre natale, se trouvaient les ruines de la grande cité dont cette demeure faisait autrefois partie. J'ai également décrit comment, après avoir enfilé nos cloches de vitre chargées d'oxygène, on nous emmena visiter cet endroit, et j'ai essayé de transcrire la profondeur de notre émotion à sa vue. Nul mot ne peut décrire l'impression incroyable produite par ces ruines colossales, les immenses piliers sculptés et les bâtiments gigantesques, leur désolation et leur silence dans la lumière grise phosphorescente des profondeurs bathyales, sans mouvement en dehors des lents remous des frondaisons géantes des courants sous-marins ou des ombres scintillantes de grands poissons traversant des portes béantes, parcourant des chambres démantelées. C'était l'un de nos endroits favoris, et, guidés par notre ami Manda, nous passâmes nombre d'heures à étudier l'étrange architecture, les restes de cette civilisation disparue, dont chaque signe nous prouvait son avance sur la nôtre dans le domaine de la connaissance matérielle.

J'ai dit connaissance matérielle. Car nous devions bientôt avoir la preuve que, dans le domaine spirituel, un immense abîme nous séparait d'eux. La leçon à tirer de leur ascension et de leur chute, c'est qu'un État est gravement menacé quand l'intellect dépasse l'âme. C'est ce qui a détruit cette civilisation ancienne, c'est ce qui pourrait ruiner la nôtre. Nous avions observé qu'il y avait, dans une partie de la cité ancienne, un grand bâtiment qui s'élevait sans doute sur une colline car il se trouvait au-dessus du niveau d'ensemble. Une longue volée de larges marches en marbre noir y menait, et le même matériau avait été utilisé dans la plus grande partie du bâtiment, dorénavant obscurcie par un horrible champignon jaune, une masse charnue lépreuse suspendue aux corniches et aux saillies. Au-dessus de l'entrée principale, sculptée dans le marbre noir, se trouvait une tête affreuse, une sorte de Méduse irradiant de serpents, symbole qui se répétait, çà et là, sur les murs. Nous avions eu plusieurs fois l'intention d'explorer ce sinistre bâtiment, mais, à chaque fois, notre ami Manda avait fait preuve d'une grande agitation et nous avait implorés, avec des gestes frénétiques, de nous détourner. Il était clair que, tant que nous serions en sa compagnie, nous n'en aurions jamais l'occasion, et pourtant, une forte curiosité nous poussait à pénétrer le secret de ce lieu inquiétant. Un matin, Bill Scanlan et moi tînmes conseil.

« Écoutez, vieux, dit-il, il y a quelque chose que ce type ne veut pas qu'on voie, et plus il le cache, plus ça me démange d'en avoir le cœur net. Ni vous ni moi n'avons besoin de guide. Je suppose qu'on peut mettre nos hauts de verre et sortir par la porte comme n'importe quel citoyen. Si nous partions en exploration ?

— Pourquoi pas ? dis-je, car j'étais tout aussi intrigué que Scanlan. Voyez-vous une objection, monsieur ? demandai-je au Dr Maracot qui venait d'entrer. Peut-être aimeriez-vous descendre avec nous percer le mystère du palais de marbre noir.

— C'est peut-être le palais de la magie noire, répliqua-t-il. Avez-vous entendu parler du Seigneur à la Sombre Face ? »

J'avouai ne jamais en avoir entendu parler. Je ne sais plus si j'ai mentionné le fait que le professeur était un spécialiste mondial de l'étude comparée des religions et des croyances primitives. Même la lointaine Atlantide ne se trouvait pas hors du champ de sa culture.

« Nos connaissances en la matière nous sont surtout parvenues par l'Égypte, dit-il. Ce que les Prêtres du Temple de Sais ont dit à Solon forme le noyau autour duquel le reste, en partie réalité, en partie fiction, s'est organisé.

— Et quelles sornettes ont débitées ces prêtres ? demanda Scanlan.

— Ils ont dit pas mal de choses. Entre autres, ils nous ont transmis la légende du Seigneur à la Sombre Face. Je ne puis m'empêcher de penser qu'il était peut-être le maître du palais de marbre noir. Certains prétendent qu'il y a eu plusieurs Seigneurs à la Sombre Face – mais un seul est répertorié.

— C'était un zouave de quel genre ? questionna Scanlan.

— D'après les récits, c'était plus qu'un homme, par ses pouvoirs et sa malignité. C'est à cause de ces choses-là, de la corruption extrême qu'il provoqua chez ce peuple, que leur terre fut détruite.

— Comme Sodome et Gomorrhe.

— Exactement. Il semblerait qu'il existe un point au-delà duquel rien n'est plus possible. La patience de la nature est épuisée, et la seule issue est de tout effacer pour tout recommencer. Cette créature, qu'on ne peut guère appeler homme, a trafiqué dans des arts inavouables pour acquérir des pouvoirs magiques d'une portée considérable qu'il a utilisés à de mauvaises fins. Telle est la légende du Seigneur à la Sombre Face. Cela expliquerait pourquoi sa maison reste un objet d'horreur pour ces pauvres gens et pourquoi ils redoutent qu'on en approche.

— Cela me donne encore plus envie, m'écriai-je.

— Moi aussi, vieux, ajouta Bill.

— J'avoue qu'il m'intéresserait de l'examiner, dit le professeur. Je ne vois pas en quoi nos gentils hôtes seraient gênés que nous fassions une petite expédition seuls, puisque leur superstition les empêche de nous accompagner. Nous saisirons l'occasion dès que possible. »

Il s'écoula quelque temps avant que l'opportunité ne se présente, car notre petite communauté était si fortement unie que notre vie comportait peu d'intimité. Un matin, par chance – autant que nous ayons pu distinguer le matin du soir, avec notre calendrier rudimentaire – une célébration religieuse les rassembla qui requérait toute leur attention. L'occasion était trop bonne et, ayant assuré les deux portiers qui manipulaient les grandes pompes de la chambre d'entrée que tout allait bien, nous nous trouvâmes bientôt seuls sur le sol de l'océan, en partance pour la cité ancienne. La progression est lente, avec la pesanteur de l'eau salée, et même une courte promenade est fatigante, mais une heure plus tard, nous

nous trouvions devant l'immense bâtiment noir qui avait excité notre curiosité. Sans guide amical pour nous avertir, sans pressentiment du danger, nous gravîmes l'escalier de marbre et passâmes les immenses portails sculptés de ce palais du mal.

Il était mieux préservé que les autres bâtiments de la vieille cité – à tel point que l'enveloppe de pierre n'était pas altérée et que seuls le mobilier et les tentures, délabrés depuis longtemps, avaient disparu. Mais la nature avait mis ses propres tentures, qui étaient affreuses. C'était un endroit lugubre, au mieux mystérieux, parmi les ombres hideuses rôdaient les formes obscènes de polypes monstrueux et d'étranges poissons difformes qui avaient l'air de créatures de cauchemar. Je me souviens de limaces de mer pourpres, énormes, rampant en grand nombre, et de gros poissons plats et noirs gisant comme des tapis au sol, avec de longs tentacules mouvants terminés par des flammes vibrantes. Nous devions marcher avec précaution car le bâtiment était rempli de créatures hideuses bien capables de se révéler aussi empoisonnées qu'elles en avaient l'air.

Certains passages étaient richement ornés, de petites pièces latérales en partaient, mais le centre du bâtiment était occupé par une salle magnifique qui, aux jours de sa grandeur, avait dû être la plus merveilleuse chambre jamais conçue par des hommes. Dans cette sombre lumière, on ne pouvait voir ni le toit ni l'étendue des murs, mais en avançant, nos lampes lançaient des tunnels de lumière, et nous pûmes apprécier ses proportions immenses et les magnifiques décorations aux murs. Ces décorations revêtaient la forme de statues et d'ornements sculptés avec un art des plus parfaits, mais le sujet en était repoussant et horrible. Tout ce que l'esprit humain le plus dépravé avait pu concevoir de cruauté sadique et de désir lubrique était reproduit sur ces murs. À travers les ombres, des images monstrueuses, d'horribles fantaisies surgissaient de toutes parts. S'il existait un temple érigé en l'honneur du démon, c'était bien celui-ci. Le démon était présent en personne, car à une extrémité de la pièce, sous un dais de métal décoloré qui était peut-être de l'or, sur un haut trône de marbre rouge, siégeait une terrifiante déité, l'incarnation du mal, sauvage, menaçant, impitoyable, modelé sur les traits du Baal que nous avions vus dans la colonie atlante, mais infiniment plus étrange et plus répugnant. Il y avait quelque chose de fascinant dans la vigueur merveilleuse de ce visage terrible, et nous étions debout, faisant jouer nos lampes, absorbés dans nos réflexions, quand une chose étonnante, incroyable, vint interrompre notre méditation. Derrière nous retentit un rire sonore de dérision.

Nous avions la tête enserrée dans cette cloche de

verre, comme je l'ai expliqué, d'où tout bruit était exclu, et il était impossible à quiconque portant cette cloche d'émettre aucun son. Pourtant, ce rire moqueur heurta les oreilles de chacun d'entre nous. Nous nous retournâmes brusquement, stupéfaits de ce qui se tenait devant nous.

Un homme, appuyé contre une colonne, bras croisés sur la poitrine, nous fixait de ses yeux malveillants avec une expression menaçante. J'ai dit un homme, mais il ne ressemblait à aucun homme de ma connaissance, et le fait qu'il respirait et parlait comme nul homme ne pouvait parler et respirer, que sa voix portait comme nulle voix humaine ne pouvait porter, signifiait qu'une chose fondamentale le distinguait de nous. Extérieurement, c'était une créature magnifique qui ne mesurait pas moins de deux mètres de haut, bâtie sur le modèle du parfait athlète, et d'autant plus remarquable qu'il portait un costume moulant sa silhouette fait d'une sorte de cuir noir vitrifié. Il avait un visage de bronze – telle une statue façonnée par un maître artisan dans le but de peindre toute la puissance, tout le mal jamais exprimé sur des traits humains. Il n'était ni sensuel ni bouffi car de telles caractéristiques eussent été des marques de faiblesse et il n'y avait en lui aucun signe de faiblesse. C'était au contraire un visage incroyablement aigu, aquilin, un nez d'aigle, des sourcils noirs broussailleux et des yeux noirs luisant d'éclairs et d'un feu intérieur. C'étaient ses yeux malveillants, sans remords, et sa bouche belle mais cruelle, droite, aux lèvres dures, serrées comme le destin, qui donnaient à son visage un caractère terrifiant. En le regardant, on avait l'impression que, malgré une allure magnifique, il était mauvais jusqu'à la moelle, son regard était une menace, son sourire, un ricanement, et son rire, une moquerie.

« Eh bien, messieurs, dit-il dans un excellent anglais, d'une voix qui sonnait aussi clair que si nous étions de retour sur la terre. Vous avez vécu une aventure remarquable par le passé, et vous en vivrez sans doute une encore plus excitante à l'avenir, bien que l'agréable tâche puisse m'échoir d'y donner un coup d'arrêt. Je crains que ce ne soit une conversation à sens unique, mais comme je suis en mesure de lire vos pensées et que je sais tout de vous, vous ne devez craindre aucun malentendu. Mais vous avez beaucoup – vraiment beaucoup à apprendre. »

Nous nous regardâmes, désespérés et stupéfaits. Il nous était difficile de ne pas comparer nos réactions, face à cet événement inattendu. À nouveau, nous entendîmes ce rire âpre.

« C'est difficile, il est vrai. Vous pourrez parler à votre retour, car je souhaite que vous rentriez et que vous emportiez un message. Sans ce message, je crois que cette visite à ma demeure aurait signifié votre fin. Mais j'ai certaines choses à vous dire. Je m'adresserai à vous, Dr Maracot, qui êtes le plus âgé et sans doute le plus sage du groupe, bien qu'il ne faille pas être très sage pour entreprendre une telle excursion. Vous m'entendez, n'est-ce pas ? C'est bon, je ne vous demande que de me faire un signe de tête, oui ou non.

Évidemment, vous savez qui je suis. J'imagine que vous m'avez découvert récemment. Personne ne peut parler de moi ni penser à moi sans que je le sache. Personne ne vient dans ma vieille demeure, dans mon sanctuaire intime, sans que j'en sois prévenu. C'est pourquoi les pauvres misérables d'en-bas l'évitent et désiraient que vous l'évitiez aussi. Vous auriez été plus avisés de suivre leurs conseils. Vous m'avez amené à vous, et une fois que je suis là, je ne pars pas facilement.

Votre esprit, avec sa petite graine de science terrestre, s'inquiète des problèmes que je pose. Comment se fait-il que je puisse vivre sans oxygène ? Je ne vis pas ici. Je vis dans le grand univers des hommes, à la lumière du soleil. Je ne viens que lorsqu'on m'appelle comme vous m'avez appelé. Mais je suis une créature qui respire l'éther. Il y a autant d'éther ici qu'au sommet d'une montagne. Parmi vous, certains peuvent vivre sans air. Un homme en état de catalepsie peut rester des mois sans respirer. Je suis semblable mais, comme vous pouvez le voir, je reste conscient et actif.

Vous vous demandez comment vous pouvez m'entendre. N'est-ce pas l'essence même de la transmission télégraphique, qui va de l'éther à l'air ? Moi aussi, je peux transformer les mots de mon articulation éthérique et affecter vos oreilles par l'air qui emplit vos cloches imparfaites.

Et mon anglais ? J'espère qu'il est correct. Je vis sur terre depuis un certain temps, un temps long, très long. Depuis quand ? Est-ce onze ou douze mille ans ? Douze mille, je crois. J'ai eu le temps d'apprendre toutes les langues humaines. Je ne parle pas mieux l'anglais que le reste.

Ai-je résolu certains de vos doutes ? C'est bon. Je vous vois, si je ne vous entends pas. Mais j'ai quelque chose de plus important à vous dire.

Je suis Baal-Seepa. Je suis le Seigneur à la Sombre Face. Celui qui est allé si loin dans les secrets intérieurs de la nature qu'il peut défier la mort. J'ai fait en sorte que, même si je voulais mourir, je ne le pourrais pas. Il doit se trouver une volonté plus forte que la mienne pour me faire mourir. Oh, mortels, ne priez jamais pour être délivrés de la mort. Cela peut paraître terrible mais la vie éternelle est infiniment plus terrible. Continuer, continuer, tandis que l'infinie procession de l'humanité passe. Rester assis au bord de l'histoire et la voir avancer, défiler, et vous laisser en arrière. Est-il étonnant que mon cœur soit amer et noir, que je maudisse leur troupeau imbécile ? Je leur fais du mal quand je peux. Pourquoi pas ?

Vous vous demandez comment je peux faire du mal. Mes pouvoirs ne sont pas minces. Je peux influencer l'esprit des hommes. Je suis maître de la foule. Je suis là où le mal se prépare. J'étais avec les Huns quand ils ont mis à sac la moitié de l'Europe. J'étais avec les Saracènes quand, au nom de la religion, ils ont passé par l'épée tous ceux qui les contredisaient. La nuit de la Saint-Barthélemy, j'étais là. Je me cachais derrière le commerce des esclaves. C'est mon murmure qui a brûlé les dix mille petites vieilles que des imbéciles appelaient sorcières. J'étais le grand homme brun menant la foule dans Paris, quand les rues ruisselaient de sang. Ces moments sont rares, mais les choses se sont améliorées, récemment, en Russie. C'est de là que je viens. J'avais presque oublié cette colonie de rats de mer gîtant sous la boue, prolongeant quelques-uns des arts et des légendes d'une grande terre où la vie fleurissait comme nulle part ailleurs. C'est vous qui me l'avez rappelée, car cette vieille demeure est reliée, par des vibrations personnelles auxquelles votre science ne connaît rien, à l'homme qui l'a construite et aimée. Je savais que des étrangers y avaient pénétré, je me suis renseigné, et me voilà. Et puisque je *suis* là – pour la première fois depuis un millier d'années – je me souviens de ce peuple. Ils s'attardent depuis trop longtemps. Il est temps qu'ils s'en aillent. Ils sont issus du pouvoir de celui qui me défia au long de sa vie et conçut le moyen d'échapper à la catastrophe qui engloutit tout, sauf son peuple et moi. Sa sagesse les a sauvés, quant à moi, ce sont mes pouvoirs. Mais à présent, mes pouvoirs écraseront tous ceux qu'il a sauvés, et l'histoire s'achèvera. »

Portant la main à la poitrine, il en retira un écrit.

« Vous remettrez ceci au chef des rats d'eau, dit-il. Je regrette que des gentlemen partagent leur sort, mais puisque vous êtes la cause première de leur malheur, ce n'est après tout que justice. Je vous reverrai. En attendant, je vous recommande d'étudier ces sculptures et ces tableaux qui vous donneront une idée des hauteurs auxquelles j'avais hissé l'Atlantide lors de mon règne. Vous y trouverez le registre des coutumes et manières de ces gens sous mon influence. La vie était diverse et colorée, à facettes multiples. En ces jours ternes, vous diriez que c'était une orgie d'atrocités. Appelez-le comme il vous plaira, c'est mon fait, je m'en réjouis et n'ai aucun regret. Si j'en avais à nouveau la possibilité, j'en ferais davantage, à part le don fatal de la vie éternelle. Warda, que je maudis et que j'aurais dû tuer avant qu'il ne devienne assez fort pour retourner les gens contre moi, fut plus sage. Il lui arrive de revisiter la terre en tant qu'esprit et non en tant qu'homme. Je m'en vais. Vous êtes venus par curiosité, mes amis. J'imagine votre curiosité satisfaite. »

Nous le vîmes disparaître. Oui, il disparut sous nos yeux. Cela ne se passa pas d'un coup. Il se détacha du pilier contre lequel il s'était appuyé. Les contours de son imposante et splendide silhouette semblèrent se brouiller. La lumière s'éteignit de ses yeux, ses traits devinrent flous. En un instant, il n'était plus qu'un nuage noir tourbillonnant qui flottait dans l'eau stagnante de cette horrible salle. Puis il n'y eut plus rien, et nous nous regardâmes, nous émerveillant des étranges possibilités de la vie.

Nous ne nous attardâmes guère dans l'horrible palais. Cet endroit n'en donnait pas l'envie. J'ôtai une odieuse limace pourpre de l'épaule de Bill Scanlan, j'étais moi-même cruellement piqué à la main par le venin qu'avait craché un grand lamellibranche jaune. En sortant, j'eus une dernière vision de ces horribles sculptures, de l'artisanat du diable ornant les murs, nous nous précipitâmes dans le passage sombre en maudissant le jour où nous avions été assez stupides pour y pénétrer. C'était une joie d'être dehors, à la lumière phosphorescente de la plaine bathyale, de voir à nouveau l'eau transparente et claire qui nous entourait. En une heure, nous étions de retour. Une fois nos casques ôtés, nous nous concertâmes dans notre chambre. Le professeur et moi étions trop submergés pour être capables de traduire nos pensées en mots. La vitalité irrépressible de Bill Scanlan se montra supérieure.

« Sainte fumée ! s'exclama-t-il. Nous y sommes. Je suppose que ce type est le grand manitou de l'enfer. Il me semble qu'avec ses tableaux, ses statues et le reste, il donnerait l'air innocent à un gardien de mauvais lieu. Comment agir avec lui – c'est toute la question. »

Le Dr Maracot était perdu dans ses pensées. Puis il sonna la cloche et appela notre serviteur vêtu de jaune. « Manda », dit-il. Une minute plus tard, notre ami était là. Maracot lui tendit la lettre fatidique.

Jamais je n'ai admiré un homme comme j'admirai Manda à cet instant. Nous apportions la menace de la ruine de son peuple et de la sienne en raison d'une curiosité injustifiable – nous, les étrangers qu'il avait sauvés alors que nous étions irrémédiablement perdus. Et pourtant, même s'il blêmit en lisant le message, il n'y avait aucun reproche dans les yeux bruns et tristes qui se tournèrent vers nous. Il secoua la tête, faisant des gestes désespérés. « Baal-Seepa ! Baal-Seepa ! » s'écria-t-il, et il pressa convulsivement ses mains sur ses yeux, comme pour faire disparaître une horrible vision. Il courait dans la pièce, affolé de chagrin, et finit par sortir précipitamment lire le message fatal à la communauté. Quelques minutes plus tard, nous entendions résonner la grande cloche convoquant à un rassemblement dans la salle centrale.

« Irons-nous ? » demandai-je.

Le Dr Maracot secoua la tête.

« Que pouvons-nous faire ? Et eux, que peuvent-ils ? Quelle chance ont-ils contre quelqu'un qui possède le pouvoir d'un démon ?

— Autant de chance qu'une bande de lapins face à une belette, dit Scanlan. Mais, bon sang, c'est à nous de trouver une solution. J'imagine qu'on ne peut pas réveiller le diable et refiler le bébé aux gens qui nous ont sauvés.

— Que suggérez-vous ? demandai-je avidement, car derrière son argot et sa légèreté, je reconnaissais la forte capacité pratique de l'homme moderne.

— Je n'en sais rien, dit-il. Ce type n'est peut-être pas aussi protégé qu'il le pense. Il s'est peut-être un peu usé, avec l'âge, à l'en croire, ça fait un bout de temps qu'il est là.

— Vous croyez que nous pourrions l'attaquer ?

— Folie ! » interrompit le docteur.

Scanlan se dirigea vers son casier. Il se retourna, un revolver à six-coups au poing.

« Et ça ? fit-il. Je l'ai pris quand nous sommes retournés à l'épave. Je me suis dit que ça pourrait nous servir. J'ai une douzaine de cartouches. Peut-être que si je faisais quelques trous dans la peau de ce grand escogriffe, une partie de sa magie s'en irait. Dieu nous garde ! Qu'est-ce qui se passe ? »

Le revolver tomba à terre avec fracas, Scanlan se tordit de douleur, serrant de sa main gauche son poignet droit. Il était pris de terribles crampes, en tentant de le soulager, nous sentions ses muscles noués comme les racines d'un arbre. Sous l'effet d'une douleur atroce, le front du pauvre hère se couvrait de sueur. Épuisé, effrayé, il finit par tomber sur son lit.

« Je suis *out*, dit-il. Je n'en peux plus. Oui, merci, ça va un peu mieux. Mais c'est le KO pour William Scanlan. J'ai pris une sacrée leçon. On ne combat pas l'enfer avec un six-coups, ça ne sert à rien. C'est lui qui gagne.

— Oui, vous avez reçu une dure leçon, dit Maracot.

— Vous croyez que notre cas est désespéré ?

— Que faire à partir du moment où il paraît avoir conscience de chaque mot, de chaque acte ? Pourtant, il ne faut pas se décourager. »

Il resta un moment perdu dans ses pensées.

« Je crois que vous, Scanlan, feriez bien de rester tranquille, reprit-il. Vous avez eu un choc et il faudra du temps pour vous remettre.

— S'il se passe quelque chose, je veux en être, mais je suppose qu'on peut laisser tomber, côté physique, fit bravement notre camarade dont le visage tendu et les membres tremblants montraient ce qu'il avait enduré.

— En ce qui vous concerne, il n'y a rien à faire. Nous aurons au moins appris la mauvaise façon de s'y prendre. Toute violence est inutile. Nous allons travailler sur un autre plan – le plan de l'esprit. Restez, Headley. Je vais dans la pièce qui me sert d'étude. Peut-être que si je suis seul, je verrai un peu plus clairement ce qu'il est possible de faire. »

Scanlan et moi avions appris à avoir une grande confiance en Maracot. Si un cerveau humain pouvait résoudre nos difficultés, c'était le sien. Mais nous avions sans doute atteint la limite de toute capacité humaine. Nous étions impuissants, comme des enfants, face à des forces que nous ne pouvions ni comprendre ni contrôler. Scanlan était tombé dans un sommeil agité. Mon unique pensée, tandis que je restais à son chevet, n'était pas comment échapper au coup mais plutôt sous quelle forme il viendrait et quand il tomberait. Je m'attendais à voir le solide toit au-dessus de nous s'écrouler à chaque instant, les murs s'effondrer, et les eaux sombres des basses profondeurs se refermer sur ceux qui les avaient si longtemps défiés.

La grande cloche carillonna à nouveau. Sa résonance dure agaçait chacun de mes nerfs. Je bondis sur mes pieds et Scanlan se redressa dans son lit. Ce n'était pas un appel ordinaire qui parcourait le vieux palais. La sonnerie tumultueuse, agitée, irrégulière, brisée, donnait l'alarme. Tout le monde devait venir, tout de suite. C'était menaçant, insistant. « Venez ! Tout de suite ! Laissez tout et venez ! » criait la cloche.

« Eh, vieux, on devrait être avec eux, dit Scanlan. Je crois qu'ils sont au pied du mur.

— Que pouvons-nous faire ?

— Peut-être que nous voir leur donnera un peu de courage. Il ne faut pas qu'ils nous prennent pour des lâcheurs. Où est le doc ?

— Il est allé dans son étude. Mais vous avez raison, Scanlan. Il faut être avec eux et leur montrer que nous sommes prêts à partager leur destin.

— Les pauvres, ils dépendent un peu de nous, d'une certaine façon. Peut-être qu'ils en savent plus, mais nous, nous avons davantage de plomb dans la cervelle. Je suppose qu'ils ont pris ce qui leur était donné tandis que nous, nous avons dû trouver les choses par nous-mêmes. Allez, c'est l'heure du déluge – s'il doit y avoir un déluge. »

Alors que nous approchions de la porte, une irruption inattendue nous retarda. Le Dr Maracot se tenait devant nous. Était-ce le Dr Maracot que nous avions connu – cet homme sûr de lui dont la force et la résolution irradiaient des traits puissants de son visage ? Le tranquille érudit avait disparu et, à sa place, se trouvait un surhomme, un grand chef, une âme dominante capable de modeler l'humanité selon ses désirs.

« Oui, mes amis, on aura besoin de nous. Cela se passera peut-être bien. Venez tout de suite, ou il sera trop tard. Je vous expliquerai après – s'il y a un après. Oui, oui, nous arrivons. »

Ces derniers mots, accompagnés des gestes appropriés, furent prononcés à l'adresse d'Atlantes terrifiés apparus à la porte qui nous faisaient signe de venir d'une façon pressante. C'était un fait, comme l'avait dit Scanlan, nous nous étions plusieurs fois montrés plus forts de caractère et plus prompts à l'action que ces reclus, et, à l'heure du danger suprême, ils semblaient s'accrocher à nous. J'entendis un murmure voilé de soulagement et de satisfaction quand nous pénétrâmes dans la salle bondée et que nous prîmes les places qui nous étaient réservées au premier rang.

Il était temps que nous arrivions, si nous devions être de quelque utilité. La terrible présence se dressait sur l'estrade et faisait face, avec le sourire cruel et démoniaque que dessinaient ses lèvres fines, au peuple tremblant. En les regardant, la comparaison de Scanlan me revint en mémoire, un groupe de lapins face à une belette. Ils sombraient, s'agrippant les uns aux autres dans leur terreur, écarquillant les yeux devant la figure puissante qui les dominait, devant l'impitoyable visage taillé dans le granit qui les regardait. Jamais je n'oublierai ces rangées semi-circulaires de gradins, ces visages hagards au regard fou, horrifié, braqué sur l'estrade centrale. On aurait dit qu'il avait prononcé leur condamnation et qu'ils se tenaient à l'ombre de la mort, attendant l'accomplissement. Manda, dans une soumission abjecte, plaidait pour son peuple avec les accents d'une voix brisée, mais ses paroles ne faisaient qu'ajouter une saveur supplémentaire à la joie du monstre ricanant devant lui. La créature l'interrompit par quelques mots grinçants et leva la main droite tandis qu'un cri de désespoir s'élevait de l'assemblée.

À ce moment-là, le Dr Maracot bondit sur l'estrade. Il était étonnant. Il paraissait transformé sous l'effet d'un miracle. Il avait une démarche et des gestes de jeune homme et pourtant, il émanait de lui une puissance que je n'avais jamais vue sur aucun visage humain. Il marcha sur le géant basané qui lui lança un regard stupéfait et furieux.

« Qu'avez-vous à dire, petit homme ? demanda-t-il.

— J'ai à vous dire ceci, déclara Maracot. Votre heure est venue. Vous l'avez dépassée. Descendez ! Descendez dans cet Enfer qui vous attend depuis longtemps. Vous êtes un prince des ténèbres. Retournez aux ténèbres. »

Les yeux du démon lancèrent des flammes noires tandis qu'il répondait :

« Quand mon heure sera venue, si elle vient jamais, ce n'est pas des lèvres d'un misérable mortel que je l'apprendrai. Quel pouvoir avez-vous pour vous opposer un seul instant à celui qui est dans les plans secrets de la nature ? Je pourrais vous anéantir sur-le-champ. »

Maracot regarda ces yeux terribles sans ciller. Il me parut que c'était le géant qui se détournait.

« Malheureux, dit Maracot. C'est moi qui ai le pouvoir et la volonté de vous anéantir sur-le-champ. Vous avez trop longtemps affligé le monde de votre présence. Vous êtes le fléau qui infecte ce qui est beau, ce qui est bon. Le cœur des hommes sera plus léger quand vous serez parti, le soleil brillera davantage.

— Qu'est-ce que c'est ? Qui êtes-vous ? Que dites-vous ? balbutia la créature.

— En parlant de connaissance secrète, vous dirai-je ce qui en est la base ? C'est que, sur chaque plan, le bien l'emporte sur le mal. L'ange vaincra le démon. Pour l'instant, je me tiens sur le plan où vous êtes depuis longtemps, et je détiens le pouvoir du conquérant. Il m'a été donné. Alors je le répète, descendez ! Allez en enfer, là où est votre place ! Allez, monsieur ! Là-bas ! Là-bas ! »

Le miracle se produisit. Pendant une minute ou deux – comment mesurer le temps à de tels moments ? – les deux êtres, le mortel et le démon, se firent face, raides comme des statues, les yeux dans les yeux, une volonté inexorable sur le visage, le brun et le blond. Soudain, la grande créature fléchit. Son visage se convulsa de rage, il lança ses mains comme deux serres. « C'est toi, Warda, maudit sois-tu ! Je reconnais ton œuvre. Oh maudit Warda ! Maudit sois-tu ! Maudit ! » Sa voix mourut, les contours de sa longue silhouette noire se troublèrent, sa tête tomba sur sa poitrine, ses genoux se dérobèrent, et il s'enfonça, s'enfonça, et, en s'enfonçant, il changeait de forme. D'abord, un être accroupi, puis une masse noire informe, et tout à coup, il se disloqua, se transforma en un tas semi-liquide putrescent, horrible et noir, qui tachait l'estrade et empoisonnait l'air. En même temps, Scanlan et moi, nous nous précipitâmes sur la plate-forme car le Dr Maracot était tombé en avant en poussant un gémissement profond, et s'effondrait, épuisé par ses pouvoirs. « Nous avons gagné ! Nous avons gagné ! » marmonna-t-il, l'instant d'après, ses sens l'avaient quitté et il gisait au sol, à demi inconscient.

Ainsi, la colonie atlante fut sauvée du terrible danger qui la menaçait, ainsi, une présence maléfique fut bannie du monde à jamais. Il fallut quelques jours avant que le Dr Maracot ne puisse raconter son histoire, et quand il le fit, elle était d'une nature telle que, si nous n'en avions pas observé les résultats, nous l'aurions mise sur le compte du délire et de la maladie. J'ajoute que son pouvoir l'avait quitté avec l'événement qui l'avait convoqué et qu'il était redevenu l'homme de science paisible et doux que nous connaissions.

« Que cela me soit arrivé, à moi ! s'écria-t-il. Moi, un matérialiste, si profondément plongé dans la matière que l'invisible n'existait pas dans ma philosophie. Les théories de toute une vie, écroulées.

— Nous sommes tous retournés à l'école, dit Scanlan. Si je reviens dans ma petite ville natale, j'en aurai des choses à leur raconter.

— Moins vous en direz, mieux ce sera, sauf si vous avez envie qu'on vous traite de plus grand menteur qu'ait connu l'Amérique, dis-je. L'aurions-nous cru, si quelqu'un nous l'avait raconté ?

— Peut-être pas. Mais dites, doc, vous aviez le bon truc. Ce grand escogriffe noir s'est pris un KO comme je n'en ai jamais vu. Sans risque de retour. Vous l'avez fait sortir de scène. Je ne sais pas sur quelle autre scène il a trouvé place mais ce n'est sûrement pas un endroit pour Bill Scanlan.

— Je vais vous dire exactement ce qui s'est passé, dit le docteur. Vous vous souvenez que je vous ai laissés pour me retirer dans mon étude. J'avais peu d'espoir dans le cœur mais j'avais beaucoup lu, à différentes époques, sur la magie noire et les sciences occultes. Je savais que le blanc domine le noir, quand il atteint le même plan. Lui se trouvait sur un plan beaucoup plus fort – je ne dirai pas plus haut – que nous. C'était fatal.

Je ne voyais aucun moyen de surmonter cette réalité. Je me jetai sur le canapé et je priai – oui, moi, le matérialiste endurci, j'ai prié – j'ai demandé de l'aide. Quand on parvient aux limites du pouvoir humain, que faire d'autre que tendre des mains suppliantes vers les brumes qui nous entourent ? J'ai prié – et à ma prière, il a été merveilleusement répondu.

Je me rendis compte que je n'étais pas seul. Devant moi se tenait une haute silhouette, aussi basanée que la présence mauvaise que nous combattions, mais avec un visage barbu et doux rayonnant de bienveillance et d'amour. La puissance qui émanait de lui n'était pas moins forte que l'autre, mais c'était la puissance du bien, celle dont l'influence disperserait le mal comme les brumes se dissipent au soleil. Il me regarda de ses yeux doux et je m'assis, trop stupéfait pour parler, levant les yeux sur lui. Quelque chose en moi, inspiration ou intuition, me dit que c'était l'esprit de l'Atlante grand et sage qui avait combattu le mal de son vivant et qui, quand il ne put prévenir la destruction de son pays, prit soin de s'assurer que les plus valeureux survivraient, même engloutis au fond de l'océan. Cet être merveilleux s'interposait pour empêcher la ruine de son travail, la destruction de ses enfants. Avec un soudain espoir, je compris aussi clairement que s'il avait parlé. Toujours souriant, il avança, posa les mains sur ma tête. C'était sans aucun doute sa force et sa vertu qu'il me transmettait. Je la sentais couler comme le feu dans mes veines. À cet instant, rien ne me parut plus impossible. J'avais la volonté et le pouvoir de faire des miracles. C'est là que j'entendis résonner la cloche signifiant que l'heure était venue. Quand je me levai de ma couche, l'esprit disparut avec un sourire d'encouragement. Je vous ai rejoints, et vous savez le reste.

— Eh bien monsieur, dis-je, je crois que vous vous êtes créé une réputation. Si vous voulez vous établir comme dieu, vous ne rencontrerez aucune difficulté.

— Vous vous en êtes tiré mieux que moi, doc, dit Scanlan d'une voix contrite. Comment se fait-il que ce type n'ait rien su de ce que vous fomentiez ? Il s'est jeté sur moi dès que j'ai porté la main à mon arme. Et avec vous, il n'a rien deviné.

— Je suppose que vous étiez sur le plan de la matière et qu'à ce moment-là, nous étions sur celui de l'esprit, répondit pensivement le docteur. Voilà qui vous apprend l'humilité. Ce n'est qu'en touchant au plus haut qu'on s'aperçoit que nous sommes au plus bas des possibilités de la création.

J'ai reçu une leçon. Que ma vie future prouve que je l'ai retenue. »

Ainsi s'acheva notre ultime expérience. C'est un peu plus tard que nous conçûmes l'idée d'envoyer de nos nouvelles à la surface, et qu'avec les boules de vitre emplies de lévigène, nous pûmes remonter de la façon déjà relatée. Le Dr Maracot parle de recommencer, à présent. Il est un point d'ichtyologie sur lequel il voudrait des informations plus précises. J'ai entendu dire que Scanlan avait épousé son poussin de Philadelphie et qu'il avait été promu chef d'atelier aux usines Merribank, aussi ne cherche-t-il plus l'aventure, quant à moi – les profondeurs de la mer m'ont donné une perle précieuse, je n'en demande pas plus.

Sir Arthur Conan Doyle

Sir Arthur Conan Doyle, 1859-1930, naquit en Écosse. Médecin et grand voyageur, il écrivit très tôt, pour des magazines, ses premières nouvelles policières. Et ce fut la gloire quand il créa le personnage de Sherlock Holmes, le fameux détective qui résout tous les mystères. Autre héros inoubliable : le professeur Challenger, explorateur de science-fiction, dont Conan Doyle, un jour, emprunta la barbe pour se faire photographier avec des amis.

Si vous avez aimé ce livre, vous aimerez aussi dans la collection Le Livre de Poche Jeunesse :

Belphégor
Arthur Bernède
Un mystérieux fantôme hante les galeries du Louvre, la nuit. Il nous entraîne dans les couloirs inquiétants du musée parisien, cadre d'un inextricable mystère...
12 ans et +
N° 778

Deux graines de cacao
Évelyne Brisou-Pellen
Bretagne, 1819, Julien s'embarque sur un navire marchand à la recherche de son histoire car il vient de découvrir qu'il a été adopté. Or, le bateau dissimule un commerce d'esclaves, illégal depuis peu...
10 ans et +
N° 748

L'héritier du désert
Évelyne Brisou-Pellen
Pour la première fois, Ousmane et son père parcourent ensemble le désert en silence. L'enfant découvre ces paysages étranges, mais également ce père mystérieux qu'il connaît si peu, et qui semble porter un lourd secret...
11 ans et +
N° 720

Le monde perdu
Sir Arthur Conan Doyle
Traduit de l'anglais par Gilles Vauthier
La préhistoire n'est pas morte ! La petite expédition du professeur Challenger traverse la forêt amazonienne pour en avoir la preuve.
11 ans et +
N° 15

Robinson Crusoé
Daniel Defoe
Traduit de l'anglais par Jacques Brécard. Texte abrégé.
Robinson se retrouve naufragé sur une terre vierge de toute civilisation. Il s'y organise une vie nouvelle.
10 ans et +
N° 1127

La tribu / Histoire de Suth (tome 1)
Peter Dickinson
Traduit de l'anglais par Cécile Wajsbrot
La reconstruction, épique et fascinante, de l'aube de l'Humanité, à travers l'histoire de quatre enfants, qui se battent pour survivre.
12 ans et +
N° 765

Le comte de Monte-Cristo Tome 1
Alexandre Dumas
Texte intégral.
Qui l'a trahi ? Edmond Dantès l'ignore, mais sa vengeance sera terrible.
12 ans et +
N° 1135

Le comte de Monte-Cristo Tome 2
Alexandre Dumas
Texte intégral
Pour Dantès, riche du trésor de l'île de Monte-Cristo, le temps de la vengeance a sonné.
12 ans et +
N° 1136

Les Travailleurs de la mer
Victor Hugo
Un armateur tient tellement à son bateau, qu'il offre la main de sa nièce à celui qui parviendra à le renflouer.
12 ans et +
N° 1143

Le cœur en abîme
Christian Grenier
Rémiro, spéléologue, a pour mission de trouver du sélénium dans le sous-sol de la planète Samos. Mais il découvrira aussi l'amour de Carmin...
11 ans et +
N° 557

L'or bleu
Danielle Martinigol
Bruce vit dans un satellite artificiel. Mais en découvrant la Terre asséchée, il n'a plus qu'un but : percer le secret de l'« or bleu » qui rendrait l'eau à la Terre.
11 ans et +
N° 279

Les oubliés de Vulcain
Danielle Martinigol
Charley et ses amis entreprennent secrètement de nettoyer la planète Vulcain. Mais la terrible rouille fulgure attaque un à un les nettoyeurs...
11 ans et +
N° 541
Prix Tam-Tam de Je Bouquine
Prix Lire au collège
Prix St Dié des Vosges 1995
Grand Prix des Jeunes Lecteurs de la PEEP 1996

Moby Dick
Herman Melville
Traduit de l'américain par Jean Muray. Version abrégée.
Sur tous les océans, le capitaine Achab poursuit Moby Dick, la baleine blanche qui lui a volé sa jambe, entraînant son équipage et son bateau dans sa folie.
12 ans et +
N° 1126

L'île au trésor
Robert Louis Stevenson
Traduit de l'anglais par André Bay
L'aventure entre dans la vie de Jim, et le mène jusqu'à une île où un trésor est enterré. Mais il n'y sera pas seul... Un indispensable classique de la littérature d'aventure.
10 ans et +
N° 1138

Deux ans de vacances
Jules Verne
Par une nuit de tempête, un navire échoue sur une île du Pacifique. À son bord : quinze garçons âgés de huit à quinze ans. Comment survivre et surtout comment vivre ensemble ? Car les tensions éprouvent chaque jour davantage le groupe...
11 ans et +
N° 728

L'île mystérieuse
Jules Verne
Sur une île déserte, cinq naufragés organisent leur nouvelle vie. Intelligents et débrouillards, ils se dotent peu à peu de tout le « confort moderne ». Mais un mystère plane sur l'île, auquel le fameux capitaine Némo n'est pas étranger...
11 ans et +
N° 1114

Vingt mille lieues sous les mers
Jules Verne
Une mystérieuse créature provoque des naufrages à répétition. La marine américaine se met en chasse. Le « Narval électrique » se révélera être un sous-marin dirigé par un curieux personnage en rupture de ban, le capitaine Némo.
11 ans et +
N° 727

Atomes crochus
Les mousquetaires du 21e siècle Tome 2
Chantal Pelletier, Claude Pujade-Renaud, Daniel Zimmermann
La centrale nucléaire de Penly, près de Dieppe est l'objet d'un chantage à la guerre atomique. Nos quatre Mousquetaires des temps modernes vont tenter le tout pour le tout pour déjouer les plans des terroristes.
12 ans et +
N° 736

Composition JOUVE – 53100 Mayenne
N° 298365w
Imprimé en Italie par G. Canale & C.S.p.A.-Borgaro T.se (Turin)
Décembre 2002 - Dépôt éditeur n° 29970
32.10.1922.7/03 - ISBN : 2.01.321922.9
Loi n° 49-956 du 16 juillet 1949 sur les publications destinées à la jeunesse
Dépôt légal : janvier 2003